Ne rend pas la monnaie

DU MÊME AUTEUR, CHEZ LE MÊME ÉDITEUR

Plus petit que moi tu meurs (2004)

Prix du premier Polar SNCF 2004

Illustration de couverture :
travail sur un photomontage de Pierre Gurgand.
Merci à Lütti Sievers qui nous a fourni l'original.

Si vous souhaitez recevoir le catalogue et les annonces
des nouveautés de HB éditions, écrivez ou télécopiez à :
BP 49 - 04300 Forcalquier ; fax : 04 92 75 21 00
(en mentionnant le titre de ce livre, s.v.p.)

PASCALE FERROUL

Ne rend pas la monnaie

HB ÉDITIONS

ISBN 2-914581-45-9

À la mémoire d'Emmanuelle et de Liam

La fin est dans le commencement et cependant on continue.

Samuel Beckett, *Fin de partie*

I

Les champs de la mémoire

… Denise sortit de la cuisine et apporta l'assiette à Alfred, pour qui le problème de l'existence était celui-ci : à la manière de jeunes pousses de blé perçant le sol de la terre, le monde progressait dans le temps en ajoutant cellule après cellule à sa pointe avancée, entassant instant sur instant, et de saisir le monde même dans son instant le plus récent et le plus neuf n'apportait aucune garantie qu'on serait capable de le saisir à nouveau un instant plus tard. […] c'est pourquoi, plutôt que de s'épuiser à courir après le monde, il préférait de plus en plus passer ses journées plongé dans les racines historiques immuables des choses.

Jonathan Franzen, *Les Corrections*

Somewhere a queen is weeping
Somewhere a king has no wife
And the wind cries Mary

Jimi Hendrix

Temps d'arrêt

— Bonjour tout le monde, c'est Justin. Mes premiers émois sexuels, je les ai connus grâce à la télé, en voyant une Indienne attachée.

Merci Justin. Le groupe de parole me dévisage comme s'il comptait sur moi pour l'étape suivante. Les histoires des uns se nourrissent de celles des autres, on dirait qu'aucune n'est la première.

Je vais essayer de m'appliquer. Je suis ici pour muscler ma mémoire, et pas le genre de musculation qui fait tout reprendre au niveau du ventre quand on l'arrête.

— Justin, je vais te démolir, dis-je.

Le groupe applaudit, se lève et tape du pied. J'en déduis que ma réponse est correcte et je souris. Pourtant elle n'est pas venue de la tête, c'est juste l'instinct qui a parlé. Justin se lève, court un peu et se rassied. Il le fait trois fois. Il n'est pas le seul que je connaisse à s'agiter autant que possible. D'où peut venir cette peur de l'immobilité ?

Le docteur Simon appelle le surveillant pour qu'il me remette les menottes. C'est apparemment sa manière d'expliquer que j'ai fait fausse route, que j'aurais dû m'y prendre autrement.

Je retire donc ce que j'ai dit et voici ce que je mets à la place :

— Je me souviens d'elle, morte dans mes bras avec du sang partout. Mais je ne sais pas comment elle est arrivée là.

Tout le monde se tait et réfléchit à ce thème du sang. Des fois les scènes sont moins répugnantes quand on les voit, ce qui veut dire qu'elles le sont davantage quand on les imagine. Tout ce qui est dégoûtant dépend de notre imagination. Honnêtement je ne pourrais pas en dire plus mais Simon est soulagé. Il n'a pas l'air de m'en vouloir.

Il met sa main sur ma nuque et me parle doucement. Je ne suis pas dupe. Ses mots, on dirait les histoires murmurées à l'oreille d'un chien qu'on va piquer la minute suivante.

Je lève les yeux. Dehors, il fait beau. Pourtant ce que je vois sous mes larmes n'est pas la ligne de l'horizon, c'est carrément un horizon à rayures.

Qui n'a pas dit son dernier mot ?

— Ce n'est pas grave, on va reprendre tout ça ensemble… Tu peux nous parler de ce que tu as fait hier ?

Je ne répondrai pas. J'ai décidé qu'hier, la nuit dernière et aujourd'hui formaient un tout, que le passé était fait de ce genre de petits paquets et que ce n'était pas à moi de les défaire.

— Hé ! Je veux t'aider à retrouver des repères. Tu dois me faire confiance.

Et dans une demi-heure il sera parti. J'ai mal au ventre, mon cerveau se vide comme un évier et j'en veux à tout le monde. Les autres ne me semblent pas avoir un corps aussi pénible, pas comme le mien.

J'ai vu un reportage sur la langue. Elle aide à moduler la voix, elle permet de faire passer les aliments d'un côté de la bouche à l'autre et encore pas mal d'autres trucs. Tout ça, on s'en aperçoit quand on n'en a plus car les propriétaires de langues n'y pensent pas. Sauf moi en ce moment précis, parce que je dois résister au docteur Simon et que je ne vais pas me débarrasser de ce genre d'idées si elles m'évitent de répondre à une ou deux questions gênantes.

— Bon, je vais m'y prendre autrement.

À ma connaissance, c'est la deuxième fois dans la même journée que quelqu'un pense à s'y prendre autrement : d'abord moi, puis Simon. Ce ne serait pas mal qu'on en fasse une règle générale. On obtiendrait de meilleurs résultats en relations humaines, la matière haïe par tous.

Le docteur griffonne deux pages sur son cahier, les arrache et me les tend avec quelques mots d'accompagnement. Ce sont des exercices à faire seul dans sa cellule. Je tends un bras mais je fais comme si je n'avais pas prévu qu'il soit aussi court et les feuilles tombent entre Simon et moi.

Personne ne les ramasse. Je dois donc m'employer, pendant le reste de la séance, à les déchiffrer sans que le docteur s'en aperçoive. Quand le groupe se sépare, j'ai pu lire trois passages.

On dirait que je n'ai pas lu mon dernier mot.

Grande échelle

Le docteur voulait savoir ce que j'avais fait hier. Hier j'ai fumé un paquet complet. Ce qui veut dire que si je ne fume pas aujourd'hui, ça fera une moyenne d'un demi-paquet par jour, si je ne fume pas demain, de sept cigarettes par jour, et si je ne fume plus pendant un trimestre, de carrément plus rien. La vie, c'est tout le temps ça. À grande échelle, il reste quoi ?

D'un autre côté, je suis rassuré parce que, si je le veux vraiment, je suis capable de découper le temps en *hier, aujourd'hui et demain.* Parfois le docteur Simon réussirait presque à me persuader que je suis cinglé. Je ne suis pas fou même si, parmi toutes les vies possibles, il semble bien que j'aie choisi la pire.

Je suis enfermé depuis trois mois et je reconnais que je n'ai fait aucun progrès. Si on me le demandait (Hugo, penses-tu avoir fait des progrès ?), je serais le premier à admettre que non, pas du tout. Je n'ai profité de mon séjour en prison ni pour me reposer, ni pour faire amende honorable, ni pour réfléchir à mon avenir. J'ai plutôt l'impression que j'avance à reculons, que mes bases s'effritent et j'ai du mal à croire le docteur quand il soutient que je dois continuer ce *travail de perte* parce que c'est comme ça que je m'en sortirai.

Qui peut s'en sortir avec les images d'une femme aimée et d'un meurtre, mais aucun indice pour savoir si on est mêlé à tout ça ? Qui pourrait supporter de perdre la mémoire au moment où elle est le plus utile ?

Simon voudrait que je me serve de la télévision comme d'une béquille. C'est ma seule fenêtre sur l'extérieur et elle pourrait provoquer des réactions imprévisibles, des sortes d'appels d'air pour oxygéner mon cerveau. Je pense plutôt que les réponses sont en moi, que la suite ne dépend que de moi et, de le savoir, ça me fait vaciller.

Je me suis mis dans le pétrin et c'est moi qui devrai trouver la solution. À croire qu'en toutes circonstances l'homme est à la fois le poison et le contre-poison.

Dans la cellule voisine, une radio ressuscite Jimi Hendrix :

> I say hey Joe
> Where you're going with that gun in your hand
> Well I'm gonna shoot my lady…

Petite amie indienne

22 heures : c'est le moment de la poursuite en voiture dans tous les films américains. Acculé dans une impasse pleine de poubelles, le héros reçoit une balle. Il la reçoit dans chaque cellule de la prison, en 234 exemplaires. Mais il a de l'humour, il balbutie :

— Je voudrais annuler cette commande s'il vous plaît.

La police arrive et boucle l'histoire en deux minutes car il faut céder la place à la retransmission d'un match de foot.

Je décide de laisser la télé allumée pendant l'exercice chaudement recommandé par le docteur Simon, pour lequel il est encore plus chaudement recommandé de s'allonger.

Je ne dois pas rechercher de faits ou de noms exacts, juste laisser venir les émotions. Petite-Fleur-de-la-Prairie, née en Oklahoma en 1969, se couche contre moi mais ses pensées sont perpendiculaires. Elle n'a pas la conscience tranquille, comme si elle s'était garée sur le LI de LIVRAISONS. Je sais que ce n'est pas grave et je l'embrasse.

Sa langue me pénètre comme le canon d'un petit tank, bien droite dans ma bouche. Pour la dixième fois j'essaie de revivre son baiser d'Indienne, avec le risque que mon cerveau s'évade encore au même moment. J'ai la chance d'aller plus loin que d'habitude. Je mords la pulpe de son cou et je sens sa peau sous mes doigts, bien lisse comme un vernis qui aurait l'odeur de la peau. Et soudain elle surgit tout entière dans l'encadrement de mon cerveau, rhabillée des pieds à la tête.

Me vient alors cette certitude familière : ses habits sont truqués. Ils doivent l'être car, sur les mannequins des vitrines, ils ne produisent jamais cet effet, si moulant et si protecteur. Elle ne se rend pas compte, elle se promène dans les rues dans cet état, et tous les types qui doivent dire merci, vraiment merci…

Un sentiment nouveau me grimpe dans la poitrine de manière hésitante et saccadée, comme le long d'une corde à nœuds : on dirait une sorte de honte. Heureusement que je n'avais pas éteint la télé.

Par quoi commencer l'amour ?

Le chemin des émotions n'est pas le plus sûr. Je préférerais une autoroute chronologique, de la première rencontre à l'issue érotique de mon histoire. Mais la première rencontre est une équation compliquée que le temps ne veut pas calculer. Pas le temps.

Pas lui mais alors qui ? J'ai effectué une nouvelle tentative avec un exercice du docteur Simon. Il fallait s'inspirer d'une lettre et voir ce qui nous passait par la tête. J comme…

J'ai été rempli d'espoir deux ou trois minutes d'affilée, la durée officielle du bonheur avant l'arrivée de la sanction. J'avais trouvé J comme jambes. Les siennes étaient vraiment longues en comparaison du petit mot qui les désignait. Elles faisaient plusieurs syllabes. C'étaient des jambes qui, si elles n'avaient pas été jambes d'Indienne, auraient été racines de la forêt, conte pour enfants interminable, émission de la nuit.

Elle s'en servait pour me retenir, quand je n'étais pas encore follement épris. Cet épisode de ma vie se compte en heures, peut-être en minutes. Je me rappelle un week-end où il devait se passer trois choses : aller au pub avec les copains ; réparer la grille du jardin ; emmener ma nouvelle copine au bord de la rivière. C'est une quatrième qui s'est produite : je n'ai rien fait du tout. Miel-de-Montagne n'est pas venue, elle n'a même pas téléphoné, du coup les deux autres projets sont tombés à l'eau. Ils ne me faisaient plus envie.

Je ne comprenais pas cette fille. Il était un peu tôt pour qu'elle fasse un caprice. Comme je l'ai précisé, je n'étais pas définitivement amoureux. Je risquais de m'inquiéter, de me méfier et de m'éloigner. Ce n'était pas sérieux.

Elle est revenue le lendemain, sans mot d'excuse. C'est très important pour la suite. Mince, je n'en reviens pas que vous puissiez me lire si distraitement. Pas vous ! C'est très important car la seconde fois, bien plus tard, où elle ne s'est pas présentée à l'un de nos rendez-vous, j'avais décidé de ne pas m'en soucier.

Et bien sûr c'était le jour de sa mort.

Flagrant délit

Au journal de la nuit, deux invités sont ennuyés. Ils n'ont pas l'habitude de se lancer des fleurs mais là, pour répondre honnêtement à la question, ils ont bien l'impression d'y être obligés. Tout le monde partage cette impression et tout le monde est ennuyé.

Pour dissiper le malaise, le présentateur demande une chose qui n'a jamais été demandée car c'est son rêve de journaliste d'avoir de l'inédit. Pourtant les invités, un auteur et son éditeur, continuent à répondre aux questions qu'ils ont l'habitude d'entendre, ils n'ont pas du tout senti la différence.

Le présentateur n'en revient pas, ses yeux se promènent de l'un à l'autre comme dans un petit téléphérique incrédule. On devait découvrir l'actualité, puis les invités du jour auxquels il extorquerait un scoop. C'était ça l'idée.

En plus j'adore ces émissions où des spécialistes abordent la littérature car personnellement je n'ai pas le temps de lire, avec toutes mes activités en prison. Récemment, ils ont diffusé un reportage, intégralement consacré au monde de l'édition, où ils expliquaient qu'en quinze ans le coût de la vie avait doublé et le prix des ouvrages quadruplé, ce qui signifiait que j'aurais dû acheter tous mes livres dans les années soixante-dix.

M'est avis que le journaliste devrait tout de même essayer de faire bonne figure, surtout s'il avait prévu de glisser à l'éditeur un manuscrit sur sa propre expérience de la télévision : la télé vécue de l'intérieur. Mais les invités décident tout seuls que l'entretien est terminé. Satisfait de sa participation, l'auteur va jusqu'à dire : « Je suis ravi de l'avoir fait », comme s'il évaluait dans un miroir le succès d'une opération réparatrice du nez.

Le générique défile à grande vitesse, tout honteux.

Avant de m'endormir, je me souviens qu'au poste c'était la spécialité des prévenus, de répondre à côté. Y compris pour ceux que j'avais arrêtés en flagrant délit, des fois je doutais d'avoir posé mes questions à haute voix.

Voilà, j'ai bien peur d'avoir été policier. Policier et ami des Indiens d'Amérique.

Séquences filmées

Résumé des épisodes précédents : un flic amnésique enquête, par télévision interposée, sur un meurtre qu'il est censé avoir commis. Il ne progresse pas beaucoup. On dirait même qu'il truffe son enquête de digressions, qui ne sont pas toutes bienvenues. On préfère notamment quand elles sont sexuelles. C'est un sondage qui le dit : 72 % d'opinions favorables à des digressions sexuelles. Mais vous savez quoi ? Le sexe n'est jamais une digression, jamais hors champ : il est le cœur du sujet.

Dans l'attente du jugement, le policier est incarcéré dans une maison d'arrêt. Sa mémoire fait des pointillés. Il n'a que des bribes de souvenirs, des séquences de mémoire qui défilent comme des bouts de pellicule usés. Retrouvez-le sur

Canalprison@freedom.fr

pour suivre ses progrès et ses déceptions en direct.

Le docteur Simon me ramène sans cesse à la mort de Petit-Sourire-en-Coin, apparemment la seule femme que j'ai aimée. Je voudrais l'aider parce que je comprends les enjeux. Comme docteur, il peut prétendre à mieux qu'à l'univers carcéral et je suis, nous sommes tous des espèces d'obstacles tant que nous n'avons pas de guérison à lui offrir.

Aujourd'hui c'est mal parti, chacun est d'humeur sombre. Cependant eux et moi, ce n'est pas le même noir. Tu peux mettre un tee-shirt noir et un pantalon noir qui ne seront pas du tout assortis.

Salvino voudrait passer son tour alors qu'il a un gros problème avec le Bien et le Mal. Il est immigré et manque de repères. Il veut tout classer en deux parties pour ne plus se tromper à la sortie et piocher uniquement dans la réserve de bonnes actions. Seulement il bute encore sur un truc : des méthodes tout à fait brutales sont autorisées, comme les licenciements, et ça brouille sa classification.

Le docteur Simon essaie de le guider.

— La question n'est pas : quel est le moyen gentil d'arriver à ses fins, Salvino, mais : quelle est la violence légitime ?

Qu'il ne compte pas sur moi pour rebondir là-dessus. Justin prend la parole.

— Il paraît qu'ils viennent de sortir un comprimé miracle contre la flatulence.

S'ensuit un silence perplexe. Pour lui : mais comment s'appelle ce médicament ? Pour nous : mais qu'est-ce que ça vient faire ici ?

Ni la droite, ni la gauche

Dans la cour le soleil change de camp, il décide qui fera l'ombre et la lumière. D'où je suis, je vois tout. Sous leurs masques nerveux, les détenus vaquent à des occupations vitales : échanges de cigarettes, chantages, coups montés. Ici, chacun est estimé en fonction de son pouvoir de nuisance : très nuisible, très estimé.

Dans ma gorge, une menace se précise. Un goût de choses perdues, de sexe perdu. Le souvenir de Rayon-de-Lune gagne du terrain méthodiquement, s'encastrant dans les résidus de ma mémoire comme un virus géométrique.

Son corps était fait pour les gauchers comme pour les droitiers. Je m'en étais rendu compte très vite, comme allait s'en rendre compte le médecin de l'institut médico-légal lors de l'autopsie. Mais dans ces heures où il n'était encore question ni de morgue, ni de manipulation par les blouses blanches, dans ces heures pleines où elle m'offrait son temps comme si elle n'avait rien de mieux à faire et où mon lit était sa maison, je crois bien que notre couple ne ressemblait à rien de connu, à rien de scientifiquement recensé. J'étais un roitelet ambidextre. Elle, une princesse indienne.

Je me rappelle ses yeux lucides et noirs. On aurait dit des machines, dans une usine qui ne ferme pas la nuit. Me revient aussi, dans le creux de ma prison, toute la panoplie de ses mimiques et de ses odeurs. Et voici ce que je lui disais :

— Il y a tellement de raisons pour lesquelles je t'aime et je ne veux personne d'autre.

— Et une au moins a un rapport avec moi ou pas du tout ?

Voilà. Voilà le genre de réponses qu'elle me faisait.

Pour ceux qui me connaissent, c'était l'époque où j'affichais un sourire fédérateur de président américain dans les années soixante, un sourire conquérant qui signalait que j'avais tout compris et que les autres étaient dispensés de réfléchir.

À présent c'est différent : je vois dans cette période une version arrangée de l'amour, enregistrée dans un studio et jamais présentée en public. Et la seule à pouvoir aujourd'hui me procurer le même sentiment de proximité et de sécurité affective, c'est elle : c'est la télé.

Le devis

Ce matin, le docteur Simon nous a demandé d'élaborer un projet personnalisé, en fonction de ce que nous voudrions faire de nos vies à la sortie. J'ai confié la mission à une filiale délocalisée de mon cerveau, qui n'avait plus que des liens financiers et très distendus avec la maison mère.

— Comme ma date de libération n'a pas encore été fixée, vous ne croyez pas que c'est prématuré ? j'ai objecté.

Simon a pris l'air désolé.

— En tout cas la date du procès est arrêtée. J'ai croisé votre avocate, elle viendra vous l'annoncer tout à l'heure.

Cela m'a surpris : ah bon, il me vouvoyait maintenant ? Étais-je devenu une sorte de caïd ? Sûr qu'avec mes trente-cinq ans, j'étais bien le doyen du groupe. Mes codétenus affichaient une jeunesse effrayante, étourdissante. Je faisais quoi, moi, à vingt-deux ans ?

— Avec vous, je préfère continuer à travailler sur la mémoire.

Moi aussi, je préférais. J'aurais tant voulu retrouver une mémoire crépue, souveraine, une mémoire comme tout le monde remplie de mes souvenirs personnels… J'avais fini par faire des progrès, mais le genre de progrès microscopiques qu'on salue exagérément : bravo Henry, vous avez tenu trois jours sans alcool ; bravo Jenny, vous avez réussi à bouger un orteil après dix-huit mois de coma.

Le docteur m'a posé des questions avec l'air de ne pas y toucher, comme quelqu'un qui fait les poubelles des quartiers riches. Tous ses mots prenaient des déviations ou des sens contraires. Je voulais qu'il m'emmène quelque part. Sans cesse il me ramenait à moi.

J'ai regagné ma cellule aussi déçu que d'habitude. À chaque séance, j'attends le verdict de l'expert. Le devis estimatif de mes dégâts personnels ne doit pas être un compte rond. C'est sûrement un chiffre à virgule, compliqué, avec des impairs. Et les frais de remise en état excèdent ma valeur de remplacement. Voilà. Le verdict de l'expert sera : non réparable.

La mine désaffectée

La prison est maniaco-dépressive. Je vis ses euphories et ses baisses de tension comme des changements climatiques. On n'empêche pas le tonnerre de gronder alors je ne me mêle ni des tentatives de suicide ni des autres règlements de compte. Je me réfugie dans la télévision, un univers de dents éblouissantes de blancheur, de dents comme on n'en voit jamais chez les adeptes du régime carcéral.

Quand j'hésite entre deux émissions, je choisis toujours la plus gaie, la plus réjouissante. J'ai remarqué qu'il y a des films dangereux parce qu'ils instillent une tristesse qui ne partait plus. Il y a des films démoralisants que je ne regarderai jamais et j'aurai raison. Je suis si triste moi-même. Parfois j'ai l'impression que je dois me ramener à plus rien pour être où je dois être.

Malgré tout je ne renonce pas à la quête de mes souvenirs. L'expérience m'a appris qu'on pouvait toujours trouver des solutions à partir de son propre cerveau, et je sais que je suis une mine d'informations… mais une mine rebouchée, trente fois désaffectée.

J'ai vu mon avocate. Je vous le raconterai tout à l'heure, quand j'aurai repris des forces. Pour l'instant mes émotions se bousculent avec, par ordre alphabétique, le chagrin, la déception, la panique.

Pour conjurer ma peur, je me suis imaginé enlaçant Pommettes-de-Soie sur un lit à deux places. Je me suis glissé sous sa robe mais elle a protesté en rigolant :

— Que viens-tu faire là-dedans ? Que veux-tu rajouter ?

Elle plaisantait, seulement je n'avais pas envie de rire. Elle a fini par le comprendre et accepter ma modeste participation.

Malheureusement ça n'a rien arrangé. Ce n'était pas de sa faute, c'était une mélancolie carcérale. On ne s'en sort plus de cette tristesse !

Il faudrait que je prenne la vie du bon côté. La prison pourrait-elle m'aider ? La prison est pleine d'idées séropositives.

Enfin du nouveau

J'ai vu une grande actrice française dans un grand film danois. C'était Catherine Deneuve, je crois. Elle était excellente dans un second rôle. Je n'ai pas pu m'empêcher de me dire : celle-là, qu'est-ce que ça donnerait si elle avait le premier rôle !

J'y pense parce que mon avocate ne ressemble absolument pas à Catherine Deneuve. Elle est même le contraire de son sosie. Elle m'a appris que le procès était prévu le 6 mai, ce qui est censé être une aubaine. Pourquoi ? Parce qu'il me reste deux mois de préventive pour fouiller ma mémoire et tenter d'en extraire une raison valable d'avoir tué la femme que j'aimais. Voilà ce que, dans ma nouvelle vie de détenu, on appelle une bonne nouvelle.

Lou – c'est mon avocate qui m'a demandé de l'appeler Lou, sinon je ne me serais pas permis – a pris l'habitude de communiquer avec moi par des métaphores et des phrases sibyllines, ce qui me laisse un vaste champ d'interprétation que j'exploite comme je veux. Mais ses méthodes ne me plaisent pas. Elle travaille pour moi quasi gratuitement et ça ne me plaît pas non plus. Je me méfie des philanthropes. L'amour est suspect quand il s'adresse à tous. L'amour doit être élitiste.

On sent qu'elle a une affection particulière pour les exclus, les pauvres, les sans-avenir, comme si être exclu était un paramètre surdéterminant tous les autres critères : méchanceté, bêtise, goût du crime.

— Je comprends, avait-elle opiné un jour où je lui exprimais ma défiance.

Il existe une manière de dire aux gens qu'on les a compris qui montre qu'on n'a rien compris. D'ailleurs sa trouvaille du jour a été de me raconter une histoire, un conte pour adultes sur la prison. Vous en connaissez d'autres, qui choisissent ce thème pour une visite à un détenu ? Aux pauvres, on donne à manger des pâtes ou des pommes de terre (c'est nourrissant et on est sûr qu'ils aiment) et maintenant voici qu'aux prisonniers on raconte des histoires de prison. Je me demande si le monde a une chance d'évoluer avec des idées aussi révolutionnaires.

Lou a commencé un récit qui m'avait l'air déjà tout construit dans sa tête. J'ai souri en l'écoutant. Ce sourire était une solution de fortune, pas un choix volontaire. C'était un étranger logé au bas de mon visage, un étranger en uniforme avec des plis mal repassés.

Histoire de remonter le temps

Le 3 décembre à dix heures, Ilya dit ses premiers mots. Pas de mère pour s'extasier, aucune femme en vue. Il parla quand même, pour signaler qu'il n'avait pas de pain et réclamer une couverture. Sa voix ressemblait à un ouvrage de marqueterie très fragile sur le point de se disloquer : elle manquait tout simplement d'exercice.

Il était incarcéré depuis douze jours. Il en restait donc mille cinq cent quatre-vingt-sept, qu'il verrait défiler comme autant de petits pèlerins sur la grand-route du Pardon. Ilya frissonna. Ses articulations étaient figées par le froid, la cellule sentait mauvais et il était seul, parce qu'il avait décidé que le type debout près de la porte ne comptait pas.

— Ça vous fait mille cinq cent quatre-vingt-dix-neuf en tout, calculerait le juge à sa sortie.

C'était un truc publicitaire qui marchait à chaque fois : ils enlevaient une unité et la note semblait tout de suite bien moins salée. Il n'empêche : on pouvait concevoir un séjour plus agréable pour ses vieux jours que le bagne de San Anselmo.

Une clameur monta du quartier des femmes. Ilya tourna instinctivement ses yeux pâles vers le sud où elles étaient parquées. Il se mit à penser à l'amour, comme à quelque chose qui le concernerait bientôt. Nerveusement il alluma une cigarette qui le fit tousser. Dans quelques années, cette toux cesserait et il pourrait fumer tout son soûl.

Dans le quartier H ils étaient tous mêlés, jeunes et vieux. Les vieux tenaient toujours le même discours, ils vivaient au ralenti et Ilya supportait mal leur compagnie. Il espérait rajeunir rapidement. En général, les hommes de sa génération éprouvaient une solide angoisse à cette perspective. Seraient-ils beaux ? Devraient-ils travailler comme des fous pour survivre et nourrir leur famille ? Non, vraiment, ils préféraient être ici. Mais chaque fois qu'ils sortaient, ils retrouvaient le juge qui les condamnait à des peines de plus en plus légères.

Dehors il neigeait comme un soir de Noël, sauf que Noël s'éloignait à grands pas et que les arbres récupéraient déjà quelques feuilles rousses.

Si on ne peut plus rigoler…

Je l'ai interrompue, pensant avoir saisi l'essentiel du message. Comme Ilya (drôle de nom : c'est russe ?) je dois remonter le cours du temps pour revivre le crime. Mais pourquoi ne pas le dire clairement ? Pourquoi passer par le truchement d'une histoire ? Dans les yeux de Lou, pleins de compassion, on dirait que je suis un gamin. Elle a peut-être raison : sans les souvenirs d'une vie qui vous ôte une à une vos illusions, vous restez une sorte d'enfant.

En cherchant bien, je pourrais proposer deux ou trois autres interprétations du récit. Par exemple : est-ce que, par hasard, Lou ne voulait pas me glisser un petit topo sur l'amour, une sorte d'appel du pied ? Si c'était cela, elle allait être déçue. Je ne céderais pas à ses avances, une question de déontologie. C'est que je nous connais, moi et ma force de caractère.

Autre version : elle voulait me montrer qu'elle comprenait ce que je ressentais en prison, avec la vie qui continuait au-dehors. Elle me témoignait de l'empathie. Mais ça, c'était inutile. Qu'elle rouvre mon dossier, qu'elle cherche la faille, ça oui. Le reste est un luxe dont je peux très facilement me passer.

Moi, exclu de la vie normale ? Si Lou veut le savoir, je me sens même exclu du monde des exclus. Je n'ai rien de commun avec les autres prisonniers. Je ne peux même pas clamer mon innocence comme ils le font, avec une conviction à peine feinte, car je ne sais rien de ma propre culpabilité.

Parfois, quand je les vois rire autour de moi, je me dis pour me rassurer que je ris par personnes interposées. J'ai délégué cette fonction. Et il faut être quelqu'un de très important pour se permettre de déléguer une aussi vitale fonction.

Qu'y a-t-il au bout du rouleau ?

Quand je reconnais un film que j'ai déjà vu, je suis capable de partir dans deux directions : soit je doute de l'avoir déjà vu (en réalité je me mens) et je regarde jusqu'à la fin avec un petit air étonné ; soit je m'endors devant la télé. Mais jamais, ça non jamais, je n'éteins la télé. Impossible de l'éteindre en sachant que là-dedans, ça continue en permanence.

Des fois, pour tester mon autonomie, je coupe le son. Les acteurs américains continuent à s'agiter comme des marionnettes. Leurs yeux bougent, leurs cheveux bougent. Quelle mobilité ! Mais les plus frustrés sont les acteurs français. Quand on leur coupe le son, ils sont désespérés.

Moi aussi. Je suis au bout du rouleau et sachez, pour ceux qui n'y sont jamais allés, qu'au bout il n'y a rien. Je me recroqueville sur ma couchette en essayant d'oublier les mille aiguilles qui me mitraillent le dos. Aucun remède ne semble efficace. Je double une ou deux pensées traînantes et je prends cette idée-là en filature : la médecine.

Vous avez remarqué ? Les médecins ne vous examinent plus de nos jours. Vous décrivez vos symptômes, ils vous font l'ordonnance. Nous sommes dans une société basée sur la confiance.

J'avais réclamé une consultation en prison. Il m'a fallu trois jours pour l'obtenir. J'ai patienté deux heures dans la salle d'attente de l'infirmerie. J'ai décrit mes maux en une minute. Le docteur a mis trente secondes pour sortir le produit idoine de sa pharmacie. J'appelle ça de l'efficacité. J'appelle ça du professionnalisme. Mais on pourrait aussi appeler ça des soins d'urgence en état de guerre, quand on est hospitalisé dans le camp ennemi.

La médecine est un art qui n'a rien à voir avec la médecine : l'art de paraître (compétent, débordé, utile), l'art de convaincre (que le médicament est la seule solution), l'art de jouer (avec les nerfs du patient).

En liberté, je ne pense pas que j'aie été un bon client pour la médecine. J'imagine mal un policier attendre dans une petite pièce le moment de se laisser questionner par un inconnu, avant de s'en aller avec un bout de papier en direction de la pharmacie puis d'en repartir avec un autre papier à envoyer au centre de sécurité sociale, comme dans un jeu de piste pas marrant du tout.

Encore du nouveau

Édition spéciale : ce matin, le gardien m'a tendu une lettre, la première que je recevais depuis mon incarcération. J'ai découvert une demi-page d'une écriture famélique, toute comprimée. Je me suis représenté son auteur comme quelqu'un qui n'avait pas pu avoir sa place à table, coincé entre neuf frères et sœurs.

J'ai eu un peu de mal à déchiffrer le début mais au bout de trois lignes, l'écriture m'était devenue aussi familière que si j'avais lu dix romans écrits de la même main. J'en ai déduit que je connaissais mon correspondant. Le contenu de la lettre me l'a confirmé : une certaine Rebecca s'excusait de son silence et m'assurait de son amour.

Mon chéri

Tu n'as pas voulu m'écouter et voilà où ça t'a mené. Bien sûr, je ne te laisserai pas tomber. Dès que tu seras sorti, tu pourras venir à la maison. Mais je ne témoignerai pas à ton procès car j'aurais peur d'aggraver ton cas. Adelita me considérait comme une rivale et elle avait raison : j'ai toujours pensé qu'elle n'était pas à la hauteur. Tout est de sa faute. J'aurais voulu la tuer de mes propres mains.

Reviens-moi vite et pardonne-moi de ne pas avoir donné signe de vie plus tôt. Je pense à toi et je t'aime toujours.

Pour son silence, elle était tout excusée : il ne m'avait pas gêné. Son amour était plus ennuyeux et je comprenais le malaise des stars adorées par des inconnus.

Si Rebecca était ma maîtresse, elle fournissait le mobile du meurtre de ma femme. Elle m'apportait la pièce manquante. Elle l'apportait aussi à l'administration pénitentiaire puisque le courrier était lu. J'ai parcouru à nouveau le texte, et cette fois les lettres me sont apparues comme autant de petites stèles.

C'est la mort dans l'âme que je me suis rendu à la séance quotidienne du docteur Simon. Je n'étais pas du tout préparé à entendre ce qu'il m'a dit :

— Alors, il paraît que vous avez reçu un mot de votre mère ?

J'ai relu une dernière fois le courrier que je tenais bien serré : les lettres étaient devenues de petits bras maigres appelant au secours.

Le marathon de New York

Parlez-vous anglais ? Allemand ? Espagnol ? Une langue est parfois meilleure qu'une autre pour exprimer subtilement une émotion. Mais d'autres fois, aucune langue ne semble appropriée. Parfois même, aucun traducteur n'est disponible.

Ma femme s'appelle donc Adelita. Je trouve incroyable de l'apprendre de cette manière. L'accusation ne mentionnait-elle pas son prénom ? N'avais-je pas lu les journaux ? L'avocate ne m'avait-elle rien dit ?

La vérité, c'était que je n'avais réellement écouté personne depuis le début de mon incarcération. J'avais dû entendre ce nom, mais il n'avait rien évoqué pour moi. Je n'étais pas prêt. Maintenant je le suis, et je veux immédiatement une photo de ma femme, un portrait d'elle pour vérifier s'il correspond à l'image qui me trotte dans la tête.

Sommes-nous assortis ? Moi-même, suis-je beau ? Tout ce que je sais, c'est que je suis difficile à caricaturer car je n'ai rien de saillant, aucun trait marquant : pas de grand nez ou d'oreilles décollées, pas de petits yeux enfoncés ou de menton proéminent, pas de calvitie ou d'embonpoint. Je suis d'une banalité déconcertante, même pour moi.

C'était Adelita qui m'avait transfiguré. Son amour m'avait distingué. Dans sa tête cohabitait mon sosie, en plus grand, plus souriant, vraiment merveilleux. À la télé, j'observe le même phénomène : l'image est trompeuse sur la taille des gens. Des hommes troncs, cadrés en plan serré, peuvent paraître surdimensionnés alors qu'à tous les coups ils sont plus petits que moi.

Avant la confrontation, je commence à m'inquiéter car, physiquement, je n'ai fait aucun effort depuis mon arrivée. Les autres détenus font de la musculation. Mais ils s'entraînent pour quoi ? Le prochain marathon de New York ?

Ils me répondent qu'ils *s'entretiennent.* On leur a donné un corps en cadeau et ils veulent faire fructifier ce capital. Ils s'y dévouent totalement. Ils n'ont jamais fait ça avec quoi que ce soit d'autre dans leur vie : ni avec l'héritage de leurs parents, dilapidé en trois semaines, ni avec l'amour de leurs proches, trahi mille fois. Mais là, pour développer leurs muscles, ils se disent prêts à tout. Je n'en crois pas mes yeux.

Ce que je pense honnêtement, c'est qu'ils seront suffisamment musclés à la sortie pour casser la figure au mec qui les aura remplacés, mais personne ne verra ça comme un don qui a fructifié ou comme un cadeau précieux.

Complaisance

Un marin fait une faute de français et un sentiment de gêne se met à planer. Pourvu que personne ne le lui fasse remarquer. Pourvu que…

— Vous voulez dire des navires de plaisance… pas de complaisance ?

C'est ça, c'est exactement ce qu'il a voulu dire. On dirait qu'il faut être brutal et impoli pour faire des émissions très regardées.

L'épouse du marin porte sur les épaules une sorte de napperon. Elle voudrait soutenir son mari dont l'orgueil part en pièces, en grosses pièces détachées. Ils se prennent par la main. Ce sont des enfants de parents pauvres, pauvres eux-mêmes, pauvres de génération en génération.

Debout à leurs côtés, l'animateur rayonne. À ce que l'on dit, les femmes sont attirées par les hommes vus à la télé. C'est une histoire de pouvoir et de sexe, de sexe et de pouvoir. Les femmes de la télé n'ont pas le même avantage. Ce n'est pas parce qu'on les voit que…

D'ailleurs beaucoup de stars du petit écran meurent seules, dépitées, navrées.

Adelita n'était jamais passée à la télé. Cependant, les photos me l'ont confirmé, elle était superbe. Et elle m'avait choisi tout à fait librement : je n'étais pas journaliste-animateur-producteur d'émissions grand public, j'étais flic.

En un retournement de situation dont mon cerveau a le secret, le sentiment de ma supériorité et la conscience aiguë de ma chance ont déclenché un élan de compassion soudain pour les gens de télé, surtout pour ces réalisateurs qui dépensent beaucoup d'argent dans leurs effets spéciaux, se ruinent pour financer leur équipe de scénaristes et tout ça pour quoi ? Même pas un carré noir, un T jaune ou je ne sais quel symbole encore imaginé par les critiques. Franchement, ils ont de quoi déprimer ou se dire que la vie est injuste. Ils sourient pourtant, car ils savent qu'ils pourront se rattraper avec leur prochain film : davantage d'effets spéciaux, une nouvelle équipe de scénaristes… Cette fois c'est sûr, ils tireront le bon numéro. Ils ont des relations, des soutiens, des amis dans le métier.

En tant que flic, j'avais du pouvoir moi aussi. J'avais celui de demander ma mutation. Je me souviens que je l'ai fait une fois, pour quitter la région parisienne. Neuf ans plus tard, j'étais exaucé.

À quoi me reconnaît-on ?

La prison obéit à des règles particulières. Ici, quand un type baraqué te crie : « Répète ce que tu viens de dire », il ne faut pas le répéter. Je ne sais pas comment vous l'expliquer. Vous avez aimé le crime ? Vous adorerez la prison.

Ce qui vaut pour les *détenus* ne vaut pas pour les *détenants,* qui ont tout pouvoir : par exemple, les relations sexuelles sont normalement prohibées ; or le directeur de l'établissement a des visées très peu réglementaires sur mon voisin de cellule, un jeune toxico alpagué pour vol de voiture. On lui prête à tort deux aventures avec des détenus (il en a eu trois). J'en ris aujourd'hui mais je n'en riais pas hier et je n'en rirai sans doute plus demain. Le rire se fait rare.

Chacun l'a compris, la prison n'est pas mixte, un peu comme les écoles des années cinquante ou les internats des classes préparatoires, sauf qu'ici presque tout le monde est inculte. Et quand on n'est pas très cultivé, on n'a pas beaucoup de valeur. La preuve :

autrefois, on faisait appel aux prisonniers pour le déminage. Maintenant, c'est pour débarrasser les plages de leurs étrons de mazout (c'est dire si ça doit être dangereux).

En prison, je souffre d'insomnies parce que mon lit est mal orienté. Inutile d'en parler aux gardiens. Ils n'ont ni le temps, ni l'envie, ni le pouvoir d'y changer quoi que ce soit. L'orientation des couchettes a été décidée par l'administration pénitentiaire, comme l'emplacement de la petite table, du lavabo et de la cuvette. La modifier provoquerait une remise en cause générale, un cas de conscience, une corvée.

D'ailleurs toutes les cellules sont conçues sur le même modèle. Toutefois, contrairement aux biologistes, je ne crois pas qu'il suffise d'assembler des cellules pour créer de la vie. C'est à ce scepticisme qu'on me reconnaît.

Quand je ne supporte plus cette ambiance confinée, je m'offre une petite évasion héliportée. J'ai alors une vue d'ensemble de mon existence, comme si je l'embrassais du haut d'un mirador. Cela peut vouloir dire une chose : que j'ai enfin repris le dessus. Mais ça peut vouloir dire aussi, comme dans les films, que ma fin est proche.

La partie de cartes

Il n'y a pas trente-six manières d'aimer et de souffrir. Dans un couple, il y en a deux, une pour chacun. Pourtant Pierre, mon meilleur copain, a gardé les deux pour lui. Sa femme, Marie, n'a pas souffert du tout. Et cette phrase qu'on aime entendre lors d'un décès, on la déteste lors d'une séparation.

J'ai appris toute l'histoire au cours d'une partie de cartes avec un troisième pote, Nizar. Deux ans plus tôt, Pierre s'était rendu, confiant et libre, au Palais de Justice. Il pensait mettre le juge dans sa poche, oubliant que dans sa poche, il y avait beaucoup de monde, à commencer par Marie. Elle était avec Pierre quand le Crédit central avait été attaqué, à cinquante mètres de là. Mais les femmes ont toujours été pour l'homme un mauvais alibi.

Ce que Pierre ignorait, c'est qu'il aurait eu besoin d'un bon avocat, peut-être même de six. Il avait accepté le type commis d'office avec tout de même une réserve: Pierre aurait préféré quelqu'un qui se serait porté volontaire, pour une fois quelqu'un qui aurait fait le premier pas. Pas comme la femme de sa vie qu'il avait fallu chercher si longtemps, tout ça pour en arriver là.

De nouveau poser la tête sur les genoux de Marie et partager sa cigarette en écoutant Dutronc. Elle l'adorait comme chanteur, lui comme comédien. Dans le camion, ils avaient eu une sorte de discussion de fond là-dessus, le jour du hold-up. Ensuite il avait relevé sa jupe. Pourquoi c'étaient toujours les mêmes images qui revenaient ? Pour faire le métier de prisonnier, il ne faut pas trop aimer les femmes.

— Tu t'es fait arrêter pour quoi exactement ? je m'étais enquis.

— Vol qualifié.

— C'était ta première qualification ?

— Non. J'ai été condamné à huit ans.

J'étais soulagé, je pensais à pire : je pensais à dix ans.

Grosse peine donc, parce que Pierre n'en était pas à son premier délit. Même qu'on aurait dit une vie entière écrite au pochoir, avec la prison dans le rôle de l'encre. La prison, un vrai pied-à-terre : son bureau, son cabinet de travail. Et dehors, c'était juste la salle d'attente. Il avait toujours l'impression de passer une audition pour sa propre vie. Et quand l'antenne il décrochait, pas cinq minutes il n'y restait.

Drôle de coïncidence

Faute de preuves, Pierre avait été condamné sur intime conviction, mais on sentait que l'intimité s'était arrêtée là.

— Rester à l'ombre pour mieux garder ses vitamines, on ne nous la fait plus, a compati Nizar qui a une femme et cinq enfants.

Normalement, il aurait dû être au pays avec eux, sa femme couverte de bijoux et trois servantes minimum pour l'aider. Si son plan avait fonctionné. Mais chaque fois qu'il se taillait une place au soleil, les inspecteurs débarquaient. Drôle de coïncidence.

La partie de cartes s'est animée. Pierre s'est mis à perdre, je veux dire à perdre encore plus. Si on faisait les comptes, ça avait commencé à tourner au vinaigre quand Marie, lassée des séjours répétés de Pierre en prison, avait juré qu'elle ne remettrait plus les pieds dans un parloir, et même qu'elle ne lui servirait jamais d'alibi. Qu'il soit innocent ou pas.

Alors quand il lui avait demandé de dire la vérité au tribunal pour l'histoire du Crédit central, elle avait secoué la tête comme pour dire non et elle avait dit non. Pierre n'en était pas revenu. Une femme, ça vous change un homme mais elle aussi avait changé. Grosse métamorphose.

Il se rappelait les toutes premières visites de Marie, quand elle lui racontait des histoires avec juste ce qu'il fallait de mots, d'une voix qui parlait à son oreille interne. Cette fois, elle ne viendrait plus.

Pierre ne s'y faisait pas. Sa cervelle tournoyait comme une porte à tambour, avec l'image de Marie qu'il essayait de garder coincée, qu'il ne voulait pas laisser s'échapper. Pourquoi l'avait-elle trahi ? Pourquoi devait-il payer à la place des vrais coupables ?

Décidément l'échec lui collait à la peau et même il lui tenait bien chaud.

— Bon, on rejoue ? lui a demandé Nizar.

— Pas avec les mêmes règles alors.

Scores négatifs

Le docteur Simon me félicite pour ma sociabilité. Il paraît que je commence à m'intéresser aux autres, à avoir des copains.

— La télévision, c'est bien mais j'avais peur que vous vous renfermiez sur vous-même confie-t-il d'une voix de traducteur, la voix de quelqu'un qui écoute et qui parle en même temps.

Au lycée, je connaissais un prof qui nous donnait des notes négatives et les augmentait régulièrement au cours de l'année jusqu'à ce que nous atteignions un score très positif. Ce système donnait l'impression de progrès incroyables, les parents d'élèves adoraient ça.

Personnellement, je ne vois aucune raison de me réjouir. Ma mémoire reste une carte au dix millième, qui se focalise sur des zones infimes et laisse hors champ des secteurs entiers du passé.

— Les copains, c'est bien mais j'ai peur que ça ne m'aide pas beaucoup à retrouver la mémoire, dis-je pour plagier Simon.

Pourtant, au fond de moi, je ne pense pas que la télé soit plus utile. Plus je la regarde, plus il m'est difficile de croire qu'elle est mon alliée. Si ça continue, je vais l'arrêter. Mais la vérité est tout le contraire. Si ça continue, c'est la télé qui va m'arrêter. Elle va me garder en prison pour la vie entière.

J'ajoute :

— Au fait, je voulais vous demander quelque chose, mais je crois que j'ai oublié.

— On dirait que vous souffrez aussi de troubles de la mémoire immédiate, en conclut Simon.

J'ai l'impression que les médecins ne s'intéressent qu'aux conséquences. La médecine préventive ? En tant que flic, je pense pouvoir affirmer qu'elle est aussi efficace et développée que la police préventive.

Mon métier devait me tenir à cœur car c'est une des premières choses dont je me sois souvenu. Et quand je regarde un film policier, je m'identifie davantage aux flics qu'aux criminels. Toutefois Nizar et Pierre m'ont dit que c'était pareil pour eux, ce qui ne m'arrange pas du tout.

Justin ricane. Entre nous, une différence chromosomique. Il me demande :

— Alors ta question, tu t'en souviens ?

— Non, j'ai encore plus oublié.

Pas de prisonniers

On croit que la prison est isolée de tout. C'est faux. On y retrouve des phénomènes de mode, comme dans la société normale. Seulement ils sont plus lents. Dans les années cinquante, on est passé du marcel au tee-shirt. Dans les années soixante-dix, adieu le pantalon de tergal et bonjour le jean…

On dirait que j'ai retrouvé une mémoire collective, mais pas ma petite mémoire personnelle. Et tout ce qui me perturbe dans la recherche de mes souvenirs me perturbe ÉNORMÉMENT.

— Je ne sais pas pourquoi Justin m'agace autant, mais vraiment…

Je réfléchis tout haut devant Nizar et Pierre, puisque maintenant j'ai des copains.

— Il ne respire pas la propreté, suggère Nizar.

— Il a même cessé de respirer, commente Pierre.

Tous deux sont désabusés. Nizar se promène avec une tristesse de dix ans son aînée, Nizar et son regard feuilleté avec toutes ses images mentales superposées.

Pierre pense que l'amour est un caveau. Pourtant ils ont tous deux des souvenirs, un avantage incroyable sur un type comme moi. Ils prétendent qu'ils m'envient, qu'ils aimeraient effacer leur passé. Pas moi, pas moi.

Il est d'ailleurs question d'une reconstitution. Le juge veut en organiser une fidèle. Il a de la chance : ce genre de fidélité peut se demander et s'obtenir.

Simon dit qu'on va m'emmener sur la scène du crime, que je vais sortir jeudi. Il veut que, ce jour-là, je mobilise toutes mes ressources pour revivre mon geste. Il dit que pour l'instant, je ne me l'autorise pas.

Son message est que la prison est en moi. Moi, je pense que la prison est partout. Je pense qu'elle me suivra quand je sortirai, si jamais je dois sortir. La prison fait de nous des prisonniers. Qu'on ne me dise pas qu'elle ne fabrique pas de prisonniers.

Peut mieux faire

Le XXIe siècle n'est qu'un débutant et ses débuts sont catastrophiques. Si ça ne regardait que moi, je passerais tout de suite au XXIIe. Le XXe siècle a entamé une jolie petite collection de génocides que le XXIe veut compléter à tout prix. Les journaux télévisés nous montrent tantôt celui-ci, tantôt celui-là, au gré de nos intérêts dans la région, de nos réserves de compassion et des besoins de l'audimat : en annonçant que certains reportages seront particulièrement pénibles, les chaînes peuvent s'assurer de juteux pics d'audience.

Mais ce qu'elles oublient toujours, c'est de nous raconter la fin de l'histoire. Ce qu'elles appellent « l'issue du conflit » n'est que le rapatriement de leurs caméras. Alors forcément, au bout d'un moment, on se lasse. Qui se satisferait d'un récit sans fin ? Même moi, privé de mémoire au fond de ma prison, je veux connaître la suite de mes aventures. Je suis résolu à aller jusqu'au bout.

En ce moment, je suis passionné par la sécurité routière. Je trouve les nouvelles publicités plus convaincantes, plus ensanglantées. Les débats avec les parents de victimes ne suffisaient pas : ils parlaient au cœur. Je pense plutôt que les conducteurs doivent visualiser un accident pour ressentir dans leur chair les dégâts possibles. J'imagine que c'est ma formation de flic qui m'a sensibilisé à la violence routière, mais je n'en suis pas sûr. Je sais que la prison exacerbe les émotions mais j'ai physiquement mal (à la tête, au ventre) quand je regarde un spot de la Prévention routière, ou que j'entends parler d'une nouvelle famille brûlée vive sur l'autoroute par la grisante insouciance d'un petit fou du volant.

Dans la famille sacrifiée, il y avait toujours un bébé, ou un enfant de cinq ans maximum, et je ne peux pas vous dire à quel point j'en souffre. Impression de marcher sur un matelas d'eau, de transpirer sous ma couverture, de couver une tumeur au cerveau. En même temps, cette incroyable fascination qui me ramène au prochain sujet sur les accidents de circulation ou sur les policiers du bitume.

Vraiment désolé

Les gardiens font leur ronde avec la régularité d'un système d'arrosage automatique. L'un d'eux me demande comment s'appelle Nizar. Il me le demande pour crier son nom, pas pour le retenir. Quand il aura besoin d'appeler de nouveau mon copain, il devra me poser la même question. Ici, on n'existe pas, sauf pour Simon et sa thérapie expérimentale, une première en Europe.

Malgré la patience du psychiatre et toutes ses attentions du genre postopératoires, l'accès à mon passé reste bloqué. J'explique que je suis fatigué, qu'il me faudrait plus de temps, seulement mes excuses ne tiennent pas. Elles s'agrippent les unes aux autres, elles s'adossent aux murs mais aucune ne tient toute seule.

Je ne supporte pas l'idée que j'aie pu tuer. Si la thérapie doit me faire parcourir le chemin entre l'homme que je suis et celui qui a éliminé sa femme bien aimée, je préfère en rester là. Je n'ai rien à gagner à retrouver la mémoire. Pour la première fois, je l'avoue au docteur. Et désolé si la reconstitution est pour demain.

Il reste un moment interdit, hébété, comme quelqu'un qui a franchi seul la ligne d'arrivée alors qu'on avait sifflé un faux départ. Il se frappe la poitrine.

— Comment ai-je pu négliger cet aspect... la motivation ? Je m'en veux, non mais quel crétin.

Puis il réfléchit et prononce des mots qui vont faire basculer ma vie.

— Imaginez que vous n'ayez pas tué votre femme.

— On m'a retrouvé sur le lieu du crime avec une arme qui portait mes empreintes et qui avait servi.

— Je ne suis pas enquêteur mais... Imaginez que vous ayez tiré sur quelqu'un d'autre, et que ce quelqu'un d'autre avait auparavant tué votre femme.

— Je n'ai pas entendu parler d'un autre corps.

— Peut-être le meurtrier n'a-t-il été que blessé, peut-être s'est-il enfui... Mais je pense aussi à un autre scénario : vous n'avez tiré sur personne. L'assassin a commis le meurtre avec votre arme, puis vous a assommé ou drogué – d'où la perte de mémoire – avant de placer l'arme entre vos mains. Je sais qu'on voit ça plutôt dans les films mais, entre nous, est-ce vraiment impossible ?

Je sens des vannes s'ouvrir avec un effet libérateur immédiat. Bien au contraire, docteur : entre nous, tout devient possible.

Libération prolongée

En prison, on peut participer aux grands mouvements sociaux. Par exemple, on peut jouer au loto ou aux courses. Personnellement, je ne gagne jamais. Je n'y vois qu'une raison : j'ai promis de donner la moitié aux pauvres si je raflais la mise. Peut-être que ce n'est pas une bonne idée et que je devrais y renoncer si je veux un jour gagner.

Sauf que désormais, je sens que la chance va tourner. Ma mémoire voilée, titubante, cesse de m'envoyer ses messages éraillés. C'est fini. Elle prend forme comme une étoile triomphante dans la lunette d'un astronome.

Je n'ai pas beaucoup de mérite. En Chine, pour être le meilleur, il faut être le meilleur sur un milliard trois cents millions. En France, le rapport est de un sur soixante millions. Alors dans ma prison ou dans mon groupe de parole, vous voyez ce qu'il reste du mérite. En fait, je dois tout à Simon. Il m'a donné confiance, il n'a pas été impressionné par mes blocages. C'est lui l'astronome.

J'assiste quand même à la fin de la séance. Les mots du docteur sont comme des gélules à libération prolongée. Ils continuent à faire effet, à me procurer un bien-être fou. Mais le groupe de parole se tait parce que Justin doit nous raconter son rêve. Il va dérouler son histoire comme une pâte sablée surgelée, un truc qui ne vient pas de lui. Chacun sait que Justin est incapable de rêver. Ou s'il rêve, incapable d'en parler. Alors soit il a volé l'idée dans un livre de la bibliothèque (écartons tout de suite cette hypothèse), soit quelqu'un lui a raconté son rêve et il va s'empresser de le répéter.

Chacun voudrait repousser le moment du récit, le temps lui-même aimerait être en retard. Ce qui nous permettrait d'échapper au rêve : un passage à l'heure d'hiver ; une grève de l'administration pénitentiaire ; une libération conditionnelle.

Le groupe en a marre mais pas seulement de Justin. Les autres détenus évitent de croiser mon regard. On dirait que, dans ma version innocente, je deviens une sorte de traître. J'ai fait beaucoup d'efforts depuis mon arrivée pour m'insérer et ça y est, on dirait que tout est à recommencer.

Le doudou de Justin

J'ai rêvé que je dormais avec un grand doudou de ma taille. Un jour, je l'ai emmené dans une fête. Tous mes copains voulaient le toucher, lui faire de gros câlins. J'ai laissé faire mais, très vite, ça a dégénéré. Un type lui a arraché les poils, deux autres lui ont tenu les jambes écartées et tous se frottaient à lui si bien qu'à la fin, mon doudou n'avait plus du tout mon odeur. Je l'ai ramené à la maison et lavé de fond en comble mais ce n'était plus pareil. Je ne pouvais plus le prendre dans mes bras, je ne le reconnaissais plus. Alors à la fête suivante, je l'ai amené et laissé aux copains qui se sont fait une joie de le battre, le plier, l'écarteler. Quand je suis parti, je lui ai trouvé un air suppliant. Et depuis, plus de nouvelles.

Les autres détenus ricanent et écartent leur chaise, sauf moi qui me dis : mais qui a pu lui raconter ce rêve ?

Dans une autre vie, Justin avait tourné des films pornos, fait un peu de politique et vendu de l'alcool (un homme complet). Je l'avais su par Pablo. Et il paraît qu'à la fin, tout s'était retourné contre lui : une actrice porno avait fait chanter Justin parce qu'il détournait des fonds de partis politiques et notre brillant homme d'affaires avait cessé de vendre de l'alcool pour en consommer. Les journalistes de la presse locale l'avaient traîné dans la boue, ce qui était facile puisque Justin s'y était déjà installé.

— Ils auraient pu se montrer beaucoup plus méchants, s'était ému Pablo avec un air gourmand qui annulait la compassion.

Aujourd'hui je suis capable de regarder Justin avec bienveillance. Je ne lui en veux plus d'avoir gâché ses chances tandis que d'autres souffraient pour de vraies raisons. Je ne lui en veux plus parce que je ne souffre plus. Je suis en voie de guérison, une voie rapide.

Autrefois ma mémoire était une sorte d'épicerie fine où je venais chercher ce qui me faisait envie. Ça ne pouvait plus durer et d'ailleurs ça ne dure plus. Je vais me revisiter entièrement, ce qui me rend heureux par anticipation. Virés, ma tristesse et tous ses adjoints. Guéries, ma mélancolie et ses métastases. L'affiche punaisée sur la porte de l'infirmerie ne dit plus *Pour le don d'organes* mais *Pour le don d'orgasmes.* L'espoir est excellent pour la libido.

Tout de même, ça me gêne un peu que la dernière histoire parvenue à mes oreilles avant la reconstitution soit le rêve raconté par Justin.

Mémento des vivants

La presse filme mon arrivée sur les lieux. Avec un peu de chance, je serai de retour en cellule pour me voir au journal de 20 heures. C'est fou : je crois me connaître, je passe de longues heures en ma compagnie et je ne sais même pas si je suis télégénique.

Les journalistes n'ont pas le droit de m'interroger mais s'ils le faisaient, je sais ce que je leur répondrais. Que, petit, je confondais les mots *cachot* et *cachalot.* C'était lié aux sonorités, bien sûr, mais aussi à Pinocchio prisonnier du ventre de la baleine. Je ne pourrais pas leur en dire plus, une question de pudeur.

Je retrouve mon avocate. Elle en sait moins que moi, malgré son niveau d'études et son fantastique sens du récit. J'espère que ses descendants ne publieront rien d'elle à titre posthume, si elle n'avait pas elle-même envisagé une édition. Ses livres pourraient se révéler de honteux plagiats. Ils pourraient contenir des secrets d'instruction. Ils pourraient être imparfaits ou inachevés... toutes ces choses que seul un auteur peut savoir.

Lou prononce la formule rituelle :

— Essayez de vous souvenir.

Elle a raison : tout souvenir vaudra mieux que l'assassinat qu'on veut m'imputer. Mais la raison ne suffit pas. Pas souvent et pas cette fois.

Une femme flic joue le rôle d'Adelita. Elle se tient debout à soixante mètres, entre deux rangées de voitures, dans le parking sombre qui semble être la scène du crime.

Je bafouille à mon avocate :

— Je n'ai pas répété... J'ai peur de ne pas être bon.

— La police vous a arrêté ici, et vous me dites que vous n'avez pas répété ?

Aveuglé par un souvenir fulgurant, je me mets alors à courir. Autour de moi, personne ne bouge, comme si les flics se disaient : « il ne faut pas réveiller un type en proie à un cauchemar. »

Je continue à courir et je sors mon arme de service. La sueur me coule dans les yeux, j'ai peur mais je sais déjà que je vais tirer.

Personne ne me réveille, c'est gentil, mais tout le monde comprend que mon crime était prémédité. Y compris moi.

Exercices à la barre

Je tire sans viser, ce qui est contraire à tous les règlements. Ma cible s'effondre et je ressens un soulagement immédiat. J'ai tué un homme.

— Vous m'avez compris ? J'ai tué un homme, pas Adelita.

Je crie ma joie dans le parking, mais les spectateurs n'ont pas l'air convaincu. Ce qui fait tristement chemin dans leur tête : Adelita aurait-elle été un transsexuel ? Hugo Liérain serait-il devenu complètement fou ?

Tout cela ne m'atteint pas. Je suis carrément euphorique. Je visualise parfaitement la scène à présent : le parking, le type que j'ai descendu et qui le méritait. Si je me fie à ma détermination, il le méritait.

Je suis bien sûr un peu surpris : je n'ai jamais été partisan de la peine de mort et j'ai combattu dans ma carrière pas mal de types qui voulaient se faire justice eux-mêmes. Mais je sens que ce cas est différent.

Mon avocate ne m'adresse pas la parole. Dans l'ensemble, magistrats et policiers me traitent comme un pestiféré. Le malentendu est total et promet de sacrés exercices à la barre, lors du procès.

Je regagne mon aile dans la prison, une aile pas protectrice du tout. Des types virils aux plaisirs gris métallisé saluent mon retour par des sifflets et des coups dans la porte. Ce n'est qu'au journal du soir que je comprendrai ce qui les met en joie.

Mon affaire occupe le troisième rang des préoccupations nationales. C'est parce que je suis flic que ça n'occupe pas le dixième rang; parce que je ne suis pas homme politique que ça n'occupe pas le premier.

Et là, sous mes yeux, se confirme ce que j'ai toujours soupçonné au fond: la télé ne livre pas une traduction littérale de la réalité. Les journalistes parlent d'un homme halluciné, enchanté de son geste. Ils parlent d'un monstre qui a abattu sa femme de sang-froid et qui s'en réjouit. Ils parlent d'un détenu désinvolte qui a réintégré sa prison le sourire aux lèvres. Ils ne parlent pas de secret de l'instruction, encore moins de présomption d'innocence. Alors je me cogne de tout mon corps à la porte de la cellule, je sens mes muscles se raidir et je me lance dans une sorte de crise d'épilepsie. Miraculeusement, comme s'il attendait en coulisses, Simon fait son apparition. Il m'administre un traitement, soupire et me conseille de dormir.

— Désolé, je n'ai pas de meilleur remède.

— D'accord. En avez-vous de moins bons?

Debout

J'ai dormi d'un sommeil à rebondissements. La reconstitution prenait une tout autre allure, avec les révélations que me faisait ma mémoire pendant que je rêvais.

Lou avait commencé en me présentant par ces mots:

— Voici mon client.

Elle n'avait pas dit: « Voici l'un de mes clients. » J'étais donc son seul client? Autre chose: il me semblait bien avoir prévenu l'avocate de ma position au procès: debout, pour plaider mon innocence. Mais mon innocence, on aurait dit que Lou ne voulait plus en entendre parler. Son regard s'était couvert d'une pellicule vitreuse, comme le regard des gens qui mentent ou qui s'apprêtent à trahir.

Je me suis réveillé conscient que la partie n'était pas gagnée. J'allais devoir remonter plus loin dans mes souvenirs pour prouver que je n'avais pas tué ma femme.

Si vous supportez la comparaison (certaines comparaisons sont insupportables): c'est comme s'enfoncer dans un parking pour y rechercher sa voiture, garée chaque jour à une place différente. Mon cerveau a atteint ses limites.

Autrefois dociles et motivés par l'échéance de la reconstitution, mes neurones virent à la rébellion. Et pour rendre leur lutte plus efficace, ils ont la bonne idée de se syndiquer. Ils avancent en rang serré avec une masse de revendications incompréhensibles qui se matérialise en maux de tête plus virulents que foncièrement méchants. Cette coalition interdit les tractations individuelles : un jour de repos hebdomadaire pour l'extraction de deux ou trois souvenirs. Non, il faut négocier en bloc, lâcher du lest. Comme je n'ai pas le choix, je cède. Je leur accorde deux journées de congé à prendre immédiatement, l'autre moitié le travail terminé. Et les heures de grève seront intégralement payées. Aucune retenue sur salaire ne sera prélevée.

Chacun reprend son poste avec soulagement. Je ne suis pas un mauvais patron et ce sont de sacrés petits employés. Mais quel est donc le meilleur moyen de mettre au repos ses neurones ? Regarder la télé bien sûr. Et tant mieux s'il se produit ce miracle des couples stériles qui, lorsqu'ils cessent les traitements, se décontractent et conçoivent l'enfant tant désiré. Mes neurones en vacances vont peut-être me livrer le meilleur d'eux-mêmes, autrement dit mes secrets enfouis. Mince, je ne suis pas devenu patron pour rien. Et le volet social est un petit clapet qui se referme aussi vite qu'il s'était soulevé.

La réponse à toutes vos questions

Un petit garçon apprend à douze ans qu'il est séropositif depuis la naissance. Une femme a mis douze ans à annoncer sa maladie à son compagnon. Quel est le rapport exact entre le Sida et le chiffre 12 ?

Une femme politique aurait attendu trente-huit ans pour avoir son premier enfant. En réalité, elle a attendu au maximum vingt ans. Qui cherche à avoir son premier enfant à huit ans ? La télé en dit trop et, en même temps, elle ne dit pas tout.

— Vous m'avez tout dit ?

Le docteur Simon essaie de comprendre ce qui s'est produit en son absence. De longues semaines de thérapie lui en ont moins appris sur mon passé que mon court récit de la reconstitution. Dur à admettre. Certes les faits matériels l'intéressent moins que mon état psychologique... mais quand même. Pénible pour lui. Je veux le consoler.

— Sans le travail de groupe, ma mémoire n'aurait pas pu se réactiver le moment venu.

Simon serre les mâchoires. Que vaut la pitié d'un détenu ?

— Bon. Comment vous sentez-vous ?

— Libéré, dis-je en ricanant.

— Alors voici comment je vois les choses : dans les jours qui viennent, votre amnésie va fondre par blocs, un peu comme un iceberg qui se détache de la banquise. Les blocs seront petits ou gros, ils fondront le jour ou la nuit, alors il faudra rester vigilant pour ne perdre de vue aucun morceau.

Je n'ai plus envie de réconforter Simon, plus envie de lui donner de la pitié de détenu. J'ouvre la bouche en bavant un peu, ce qui ne le décourage pas :

— Vous faites de la photo ? Vous connaissez le système du diaphragme ? Eh bien le champ de vos souvenirs va se dilater et s'étendre jusqu'à emplir tout votre champ de vision. Ce qui n'était qu'une minuscule fenêtre dans l'obscurité va se transformer en espace infini.

On dirait des promesses d'homme politique faites à la télé, pour la télé. Assistant à leurs débats nocturnes, vous découvrez, stupéfait, ce que les élus osent encore jurer, comme s'ils n'avaient ni mémoire, ni amour-propre. Vous ne voulez plus que votre durée de vie coïncide avec la durée de leurs mandats. Vous réclamez une vie après la politique (c'est ce qu'ils demandent officiellement, mais c'est vous qui le désirez profondément). La télé m'innocente. Elle rendrait tout le monde innocent. Elle est tellement coupable elle-même.

Pieds joints

Dans une série policière, une magistrate s'étonne : son ancien professeur de droit a enfreint la loi, alors qu'il lui avait précisément enseigné la déontologie. Elle est folle de s'étonner. Son professeur a raison : c'est très important que les autres respectent les règles, si l'on veut soi-même sortir du lot.

Je suis débordé. À cause de la télévision, je suis submergé. En deux jours j'ai carrément moulé ma vie sur la télé, mes envies d'uriner sur les pauses de publicité. Certains doivent se dire, dans leurs foyers : ils sont bien gâtés ces prisonniers, puisqu'ils ont la télé. Ce n'est pas sérieux. Les gens honnêtes ne savent pas ce qu'ils doivent à la télévision, pour pacifier les prisons. Et puis la télé n'est pas gratuite (on la loue).

La prison est sauvage. J'y retrouve des odeurs de sueur, des odeurs des années soixante-dix que trois décennies de cosmétiques semblaient avoir éradiquées. Voilà ce qu'est la prison. Maintenant voici ce qu'elle n'est pas : la prison n'est pas intime. Les cellules ne sont pas étanches. Les bruits des autres y sautent à pieds joints comme autant de mini-viols répétitifs.

Je dois écouter des conversations de détenus truffées de références éprouvantes aux femmes de la nuit sans pouvoir m'y associer, sans me sentir concerné. Je suis là parce qu'un beau jour on m'a arrêté. Je ne peux pas dire à quel point on m'a arrêté, stoppé dans mon élan. J'avais tant de choses à reconstruire. Adelita à rassurer, à reconquérir. Aujourd'hui, c'est moi qui ai peur (la peur est un correspondant anonyme qui m'envoie des messages de toutes parts avec la régularité maniaque, la prudence d'un corbeau découpant chaque mot dans des journaux différents).

J'ai peur de la suite, peur parce que les souvenirs promis tardent à se révéler (en fait c'est ma peur qui les retarde).

Aujourd'hui, c'est moi aussi qui ai besoin d'amour (en prison, je suis un être humain sans les moyens habituels des êtres humains). Si vous voulez que je reste ici, il ne faudra pas trop m'en demander. Il faudra m'en demander un peu.

Filière clandestine

Chaque soir dans ma cellule, Adelita me fait l'amour, à sa manière imperturbable. Elle fait valoir toute son expertise.

Je suis comblé et furieux. Où a-t-elle appris tout ça ? Je l'inspire, c'est évident. Cependant il y a des mouvements qu'on ne peut exécuter aussi facilement sans un minimum d'entraînement. Il y a aussi des gestes qui ne s'inventent pas.

Je déteste ma jalousie, je redoute ma paranoïa. Ces sentiments, arrivés par une filière clandestine, sont aussitôt regroupés dans une zone de non-droit. Je ne veux pas être surpris en train de les héberger. Je ne veux pas faire souffrir ma femme.

En général, les dames aiment les messieurs cruels, les messieurs aiment les dames vulnérables. Et on bâtit quoi sur ces bonnes bases ?

Je ne sais pas comment font les autres. Les hommes mariés qui compartimentent leur vie doivent parler à leur maîtresse avec la moitié des mots. Les célibataires endurcis passent à côté de la partie molle du monde. Et les veufs ?

Je n'ai rien d'un veuf. J'ai une femme qui me rend visite tous les soirs dans ma cellule. Elle a des idées et elle m'aime. Ses idées sont de nouvelles variations sur l'amour. Elle me caresse avec ses doigts les plus maladroits (c'est mignon, c'est tendre). J'ajuste mon corps au sien et c'est parti. Ça part toujours très bien.

Pourtant, un soir, Adelita se montre réticente. Elle a moins envie. Elle a peur que j'embête le bébé. Il semblerait que nous attendions un bébé. Je m'en doutais, j'en étais sûr. Je sentais le creux de la pièce manquante dans le puzzle de ma reconstitution. Seulement j'ai beau avoir retrouvé la pièce, le manque demeure.

Il faudra faire des examens. Je me méfie des maladies génétiques qui rôdent autour des bébés.

J'aime déjà cet enfant. Ou plutôt je l'ai déjà aimé. Est-ce que le souvenir de mon amour va lui donner une forme, un visage ? C'est un garçon. Il porte le prénom de mon père. Comment s'appelle mon père ?

Je me demande si mon fils a l'âge de regarder la télévision. Y a-t-il un âge minimum pour cela ? Il paraît que des nourrices alignent devant leur téléviseur les transats des bébés qui leur sont confiés. Ces bébés sont leur gagne-pain. Que je sache, on ne met pas son gagne-pain devant un écran de télé. Ce n'est pas une bonne idée. M'est avis que ce ne sont pas de bonnes nourrices non plus.

Fringale

La paternité me donne faim. Si je sors d'ici, je dévalise trois boulangeries, une rôtisserie et deux crémeries. Et qu'on ne vienne pas me dire, comme les marchands de journaux scrupuleux et assommants des films : « Ne prenez pas tout, je veux en garder pour mes clients habituels. » Je n'ai aucune possibilité d'être un client habituel puisque j'ai passé les derniers mois en prison. Je dirais même que j'ai droit à une revanche sur toutes les espèces de clients habituels.

Quand j'ai annoncé la nouvelle du bébé, ils ont tous été plus adorables les uns que les autres : détenus, gardiens, êtres humains, Justin. Le docteur Simon aurait pu rester fidèle à sa réserve habituelle, mais il s'est écrié :

— Mon Dieu !

Dieu, grand gestionnaire : tous ces destins individuels, ces intérêts contradictoires… Je l'imagine comme Simon, sans la spécialité psychiatrique. À mon avis, Dieu est un généraliste.

Des médecins, les généralistes sont les mieux placés. Ils entrent dans les maisons, saisissent l'ambiance en un clin d'œil : bouteilles, mégots, collections maniaques, relents corporels, bouderies conjugales, animaux mal léchés, reliefs de repas gras, maladies suintantes ou saignantes, internes ou extraverties, petits maux de ventre scolaires, allergies saisonnières... normal avec toutes ces plantes. « Excusez-moi, docteur, pour le désordre », chuchote la ménagère obsessionnelle. Ses cinquante poupées folkloriques régulièrement lavées donnent à son intérieur ciré, briqué, dépoussiéré, un petit air taré.

Flic, je pénétrais souvent l'univers des autres. Les perquisitions étaient les plus spectaculaires des effractions, mais les gardes à vue n'étaient pas mal non plus. Fouiller une âme, reconstituer une histoire, toujours plus tordue qu'on ne l'imaginait, toujours plus douloureuse...

Pourquoi les perquisitions dans ma mémoire livrent-elles si peu d'indices ? Pourquoi l'autopsie de mon cerveau ne révèle-t-elle pas ce que j'en attends ? Pourquoi est-ce si mal rangé à l'intérieur ? Pourquoi je ne retrouve jamais rien ?

Le vieux routier sur son zinc

Quand j'étais petit, j'étais capable de distinguer les films de la réalité. Je savais que les morts des films n'étaient pas les héros des fictions. C'étaient des volontaires. Et j'étais rassuré d'apprendre que nous étions cinquante millions de Français, car j'espérais bien voir encore beaucoup d'autres films avec des acteurs dévoués ou déprimés, prêts à jouer leur dernier rôle.

Ma mémoire s'épaissit et forme des grumeaux. Mon fils se solidifie dans cet amas gluant. Il est minuscule, sur le chemin de la crèche. Je dirais cinq mois, à tout casser. Il coince ma tête entre ses bras et me mange le visage. Ses mâchoires panoramiques sont douces car il n'a pas de dents. Je vis dans son fuseau horaire, jamais sûr de faire mes nuits.

Quand je le confiais à ma mère, c'était en principe pour me changer les idées, pour me retrouver un peu seul avec Adelita. Mais l'ambiance devenait spéciale comme si, secrètement, on guettait un coup de fil de ravisseurs. Quand ma mère appelait, tout juste si on ne lui demandait pas de lire le journal du jour, afin de vérifier si le bébé était toujours vivant au moment où on l'entendait gazouiller.

Je me souviens de son odeur de chair fraîche, la nuit. Il était grognon quand c'était moi qui changeais sa couche. Je ne manquais jamais de lui promettre qu'une fois devenu adulte, il se la changerait lui-même.

Le summum de la volupté, pour lui, c'était de prendre une mèche de cheveux d'Adelita dans la bouche, de téter son petit pouce en même temps et de se laisser doucement aller. En fin de journée, son pouce trop sucé rougeoyait.

Neuf mois dedans, neuf mois dehors : j'estime qu'il a à présent dix-huit mois. Quand je joue à la balle avec lui, il se transforme en vrai baby-foot, se servant de tout son corps pour renvoyer le projectile. Mais quand il s'accoude à la tablette de son trotteur, on dirait un vieux routier sur son zinc. Et ce qu'il va nous apprendre a de quoi en impressionner plus d'un.

Soupe de courgettes

Le 20 juillet, il marche. C'est le jour du trentième anniversaire des premiers pas de l'homme sur la lune. Bien sûr ils ne s'étaient pas concertés. J'espère que mon fils ne sera pas cosmonaute mais j'ai le droit d'en douter : pour avoir attendu dix-sept mois avant de tomber pile sur cette date anniversaire, il fallait une sacrée motivation !

Tous les soirs, on joue à la bagarre pour se défouler. Il désigne une chose derrière moi, je me retourne et, comme il n'y a rien à voir, je le mange.

Quand un truc est chaud, il souffle dessus pour le faire refroidir. C'est valable pour la soupe, le lait… mais aussi pour les radiateurs, l'eau du robinet ou le soleil. Au petit-déjeuner, il se badigeonne le nez de miel et attend que ça durcisse.

Il a toujours les poches pleines d'escargots et de glands. Il s'amuse à faire le mourant en se plaquant contre le mur dans toutes les positions. Il manie maintenant un bon vocabulaire mécanique : tracteur, avion, hélicoptère, sous-marin… Il préfère promener lui-même sa poussette, qui ne tardera pas à se faire voler dans la cage d'escalier.

Pour son entrée à la maternelle, je lui dis : « Ne te fais pas de souci. » Il me répond : « Si, du souci. » Pour qu'il se lève le matin, ce n'est pas facile : « Non, je reste encore. Au revoir papa. » Ou : « C'est MA couette. » Le soir, dans son lit, je l'entends téléphoner et donner des nouvelles dramatiques à toute la famille, avec son jouet en plastique.

Pourtant, quelques mois plus tard, il proteste quand il voit sa mère venir le chercher trop tôt à l'école : « Pas déjà... » Et le matin, il la quitte devant la classe en disant fermement « Au revoir maman. » Adelita joue les prolongations d'une voix suppliante « Oh non, pas tout de suite » et, impitoyable, il confirme : « Eh si, tout de suite. »

Avec ses grandes discussions du soir, il me paraît tellement mûr que parfois je me demande : de quel droit je le mets au lit ? Il est capable d'aligner douze questions d'affilée (et les réponses sont attendues dans le même ordre). J'ai tellement l'impression qu'il est le prolongement de mon cerveau que je suis toujours étonné de constater que d'autres personnes peuvent le voir.

Il a un solide esprit de contradiction et ne dit pas « le feu est vert » mais « le feu n'est pas rouge. » Et quand Adelita lui propose de la soupe de courgettes, il se défile modestement : « Non merci, c'est pas la peine. »

Énergies renouvelables

Ma mémoire est à plat. C'est dur de faire vivre un enfant en prison. Pourtant des bébés y naissent vraiment. Certains passent là leurs premières années aux côtés de leur mère. Ils devraient se dire : on a de la chance, c'est comme un parc en bois, version moderne (plus grand, plus métallique). Alors pourquoi ces éclairs de terreur quand la porte de leur cellule se referme le soir ?

J'ai tout dit ou presque. Je vous ai confié beaucoup de choses. Et vous, qu'avez-vous à me raconter ? Il ne faut pas me juger, pas gratuitement. D'autres vont s'en charger et seront rémunérés pour leur travail.

J'ai voulu modifier l'ordre immuable. Il a encore fallu que je mette mon grain de sel. Naturellement je vous dois une explication.

Je vous livre ma vision des choses. Certains parents tuent eux-mêmes leurs enfants. Ils les frappent, les étouffent, les jettent à la poubelle. D'autres délèguent ce travail. Pas à des tueurs patentés, fichés au grand banditisme. Non. Ils confient le contrat aux mauvais conducteurs du pays. Inutile de les payer, il suffit de les laisser faire. Ivres d'alcool ou de vitesse, ils sont plein de ressources. Ils traînent les petits corps sur cent mètres, les réduisent en bouillie, les font flamber… Les enfants sont un matériau inépuisable, une énergie renouvelable qui alimente leurs circuits détraqués. Et le calvaire des gamins ne fait que commencer. Les constructeurs nous promettent des automobiles toujours plus rapides. D'éminents conducteurs nous confient que le Code de la route ne les concerne pas. En fonçant la nuit, sous la pluie, ils savent ce qu'ils font. Ils maîtrisent parfaitement leur véhicule, point final.

La vitesse est une drogue. Lou Reed se met à chanter dans ma tête :

> Don't you know they're gonna kill, kill your sons
> Until they run, run, run, run, run, run, run, run away

Naturellement, ce que je dis est excessif, tronqué, de parti pris. La vérité est plus complexe. Premièrement, les adultes aussi se font tuer. Deuxièmement, les conducteurs ne sont pas toujours responsables des accidents de la route. Troisièmement, quand ils le sont, ils demeurent rongés de culpabilité le reste de leur existence.

J'aurais aimé être aussi raisonnable quand Adelita convulsait dans mes bras, toutes les nuits, en proie à des visions insupportables. Si je n'essayais pas de la rassurer, c'était simplement que je trouvais rien de rassurant. J'avais préféré me mettre à boire. C'était la voie classique, celle où se retrouvent tous les chauffards de la Terre.

Les faux plis

Quand le cœur peut-il s'arrêter de battre ? Je ne demande pas une autorisation mais un avis médical sur les causes possibles. Il m'a semblé qu'un fils à la morgue pouvait représenter un facteur de risque. Ce serait intéressant d'en avoir la confirmation.

Je vais devenir fou. Sur son petit corps, tous les mots que je déteste : ecchymoses, lacérations, perforations, brûlures. Je n'en finis plus de jeter des pelletées de terre pour cacher ce carnage. L'image revient comme un boxeur au tapis qui infatigablement se relève pour livrer un combat inégal.

En prison, les détenus peuvent calculer à tout moment : j'ai effectué 30 % de ma peine, ou 75 %, ou 5 %. C'est une chance de savoir où on en est. Ma peine est incommensurable. Pour continuer à la supporter, il me faudra des subventions. Des plans d'urgence, des aides à la reconstruction.

Je ne veux même plus compter sur ma mémoire. Ses faux plis m'ont coûté un temps précieux et ce qu'elle aura à me dire sur la suite des événements me terrifie.

Dans les heures sombres, il paraît qu'on se tourne vers des personnages secondaires de son histoire. C'est vrai. Je me confie volontiers à Pierre et à Nizar, qui me comprennent mieux que quiconque. Et s'ils ne me comprennent pas du tout : aucune importance.

J'évite toujours Justin (personnage tertiaire). Toutefois, se confier a un revers : on lit ensuite la mort dans le regard des autres (bienveillant, hébété, compatissant, effrayé, curieux, déconcerté…)

J'ai perdu la notion du temps. Les dates n'ont pas d'intérêt. Elles sont faites pour les imbéciles, comme les pendules et les anniversaires. Je préfère me concentrer sur des données concrètes.

Par exemple : au cas où un génie jaillirait d'une lampe, je m'entraîne à formuler très précisément un vœu. Ne pas dire : « J'aimerais mourir en regardant le visage aimé », premièrement parce que rien ne dit que le visage aimé n'est pas en train de mourir lui aussi (dans un accident de la route), deuxièmement parce que le visage aimé illustre peut-être la photo souvenir d'une personne morte et enterrée (à la suite d'un accident de la route).

Retourne-toi contre moi

Il y a plus effrayant que de ne pas comprendre, quand quelqu'un vous quitte : c'est de comprendre. Adelita est partie avec les joies et les peines promises, une perte sèche en ce qui me concerne.

En ce moment, j'ai l'impression que tout se retourne contre moi. Et ce qui se tourne vers moi, je m'en passerais bien.

En prison, on se fiche de savoir ce qui a valu aux autres leur détention : ça, c'est la version hollywoodienne de la prison. En réalité, on ne peut pas sympathiser avec un autre détenu sans connaître son cursus. Il arrive aussi qu'on ne puisse pas sympathiser avec un prisonnier quand on sait ce qu'il a fait.

Pablo est incarcéré parce qu'il a créé avec sa compagne une école très cotée, très recherchée : l'École de la Torture. Fréquentée par des hommes influents, elle leur apprenait « tout ce qu'ils avaient toujours voulu savoir sans jamais oser le demander », grâce à la bonne volonté de très jeunes filles. Elles avaient accepté de venir de pays éloignés, rien que pour leur faire plaisir. Elles étaient bien généreuses, vraiment altruistes parce qu'elles se soumettaient à ces exercices gratuitement.

Un jour, je me retrouve assis dans la cour à côté de Pablo. Il me choisit, alors que je n'ai rien demandé, pour une drôle de confidence, une question qui le taraude.

— Tu sais que je me retrouve en prison à cause d'une nana qui m'a menti ? Avant de mourir, elle avait voulu discuter avec moi. Elle m'avait dit qu'elle s'appelait Angélique. Quand on m'a arrêté, j'ai découvert qu'elle s'appelait Lucie. Tu comprends pourquoi elle a menti, toi ?

— Non, désolé, je ne vois pas.

Cette jeune fille avait eu le réflexe de s'inventer un faux prénom, pour se protéger. Peut-être que sa dernière pensée avait été : il ne m'étrangle pas, il étrangle Angélique.

Dans ma cellule, je tente un rapprochement avec la télévision. Deux films à la suite, sur deux chaînes différentes : *Plein Soleil*, puis *La Piscine*. Alain Delon n'en finit plus de tuer Maurice Ronet. J'en fais la remarque tout haut : « Ça devient une manie d'assassiner ce Maurice Ronet. »

Ma voix me ramène à la réalité tangible. Mes cauchemars se déshabillent, se glissent sous leurs draps sales. Je file les retrouver, dans un élan de soumission lugubre.

*Notice of eviction**

Je connais des vies plus atroces que ma vie atroce. Avant Adelita, j'étais un forain de l'amour. Elle m'a sédentarisé. J'ai scolarisé notre fils dans une école du quartier. J'ai pris un travail régulier.

Adelita m'offrait des plaisirs hydratants et tous les bénéfices secondaires d'une histoire d'amour épanouie.

J'avais une seule bête noire : son passé. Je m'étais focalisé sur une aventure sordide vécue avec un présentateur vedette du petit écran. Il l'avait mise dehors en pleine nuit (c'est le genre de gars qui prend ses grandes décisions dans le noir) et elle avait insisté pour rester. L'anecdote me rendait malade.

— Que tu aies couché avec lui, pas de problème. Mais que tu l'aies supplié de rester alors qu'il t'avait demandé de partir, alors là, permets-moi d'être jaloux.

Pourtant notre séparation n'avait rien à voir avec la vie antérieure d'Adelita. Elle avait tout à voir avec le chauffard. Quand nous nous sommes retrouvés seuls, elle et moi, nous avions une sorte de choix :

**Avis d'expulsion*

continuer (mais pas comme avant) ; arrêter. Son point de vue : « Je sais que la vie peut être magnifique et ça me suffit. » Moi, je voulais continuer à vivre mais je n'osais pas. Je trouvais mon entêtement obscène.

J'attendais le procès comme si le sort de mon couple en dépendait. Les optimistes ne veulent voir que le verre à moitié plein, et pas le verre à moitié vide. Moi, je voyais les verres pleins, pleins, pleins. Je les voyais au bar, à la maison, mais de moins en moins au bureau où ma présence n'était plus trop souhaitée.

Étais-je en état de remarquer son départ, quand elle m'a quitté ? Bien sûr que non. Je l'ai découvert quarante-huit heures plus tard. Il m'a fallu dix semaines pour y croire. On était à quinze jours du procès et je n'avais pas encore dessoûlé. J'avais atteint le point critique, celui où la matière change d'état : de solide, je devenais liquide.

Ma métamorphose était effrayante comme une vente flash, ces opérations commerciales des grands magasins qui durent cinq minutes : en proposant à deux euros un produit qui en vaut vingt, elles réduisent à néant toutes nos certitudes sur la valeur des marchandises et canalisent tous les désirs sur le même objet : maillot fluorescent, saucisson pur porc, chaise pliante.

Quelle était ma valeur ? Où étaient mes désirs ? Il valait mieux ne plus parler de mes désirs.

La moindre des choses

En France, on ne comparaît pas devant un jury d'assises quand on a tué au volant, ça tout le monde le sait. On risque une amende en correctionnelle, à la limite une courte peine de prison avec un long sursis. Des fois, aïe, on est privé de permis, pour une période qui ne doit pas se révéler trop pénalisante professionnellement.

Mais d'autres fois, on saute directement dans sa voiture en quittant le tribunal… sauf si le parking en est un peu éloigné. Si on suit le conducteur libre et pressé, on découvre peut-être que son auto a encore une aile cabossée. Qu'il n'a pas pris la peine de nettoyer le sang séché. Mais ces considérations sont de l'ordre du privé, elles ne regardent pas la justice.

Toutes ces règles du jeu, nous les avions acceptées, Adelita et moi, en nous rendant au tribunal huit mois après l'accident. Le prévenu comparaissait libre. Encore une fois, pas de problème. Pour nous le temps s'était arrêté mais nous savions que l'affaire suivait son cours et qu'elle trouverait son dénouement devant la justice des hommes. Nous nous étions même exercés au pardon en nous persuadant que, dans une situation limite, nous pourrions être les auteurs d'un accident mortel.

Là où nous avons flanché, c'est en découvrant le conducteur (même assis au premier rang, loin de son volant, il restait pour nous le conducteur) qui trépignait, la cuisse battant la mesure, à cause de ce fâcheux contretemps. Paraître désolé, c'était la moindre des choses. Se montrer agacé par le procès était la pire.

Vous le pensez aussi ? Sauf que je m'étais trompé. Le verdict a été bien pire. Je n'ai pas été appelé à la barre. Le Parquet ne semblait pas avoir prévu mon témoignage : les pièces de la procédure suffisaient amplement. Adelita a eu sa chance, seulement elle pleurait trop. J'avais insisté pour qu'elle prépare une déclaration mais elle ne m'avait pas écouté.

L'affaire a été bouclée en une heure et demie. Pour le prévenu, c'était déjà trop long. Il piaffait à l'idée de retrouver les femmes, l'alcool et le volant. Comme il était de mauvaise humeur, personne n'a osé lui demander s'il avait un message pour la famille. Et naturellement il a soupiré bruyamment quand le président (une réplique de la Joconde, en moins souriant) a annoncé qu'il écopait de dix mois avec sursis et de 200 euros d'amende.

Sans un regard, le conducteur a quitté le tribunal parce qu'il avait beaucoup mieux à faire, forcément. Instinctivement, je l'ai suivi.

To be continued

M'est avis que la machine judiciaire, quand elle s'y met, peut devenir une arme de destruction massive. Rien à voir avec la télévision qui, elle, a bien fait les choses. Elle a su être présente quand il le fallait. Elle m'a soutenu. De cet épisode date notre profonde complicité.

Toutefois aucune caméra n'était présente dans le parking de l'Esplanade, à trois cents mètres du Palais de Justice, quand j'ai retrouvé le jeune cadre-assassin dynamique. Aucune caméra sauf le système de vidéo-surveillance qui a filmé mon entrée et qui allait filmer ma sortie.

J'avais glissé à ma femme que je la retrouverais sur les marches du Palais, comme un prince pas tellement charmant. Mon arme de service était restée dans ma boîte à gants (faute grave mais je n'avais pas voulu déclencher au tribunal la sonnerie du portique de détection, puis sortir ma carte tricolore d'un geste blasé pour annoncer « C'est bon, je suis de la maison », mettant tout le monde mal à l'aise). Le temps d'aller la chercher, j'ai dû courir pour replacer le héros du jour dans mon champ de vision. J'avais envie de lui faire peur et de lui faire mal.

J'ai tiré mais le plaisir qui a couru dans mes veines était un poney alors que j'avais misé sur un pur-sang. J'étais déçu. J'ai aussitôt décidé de remplacer ma déception par le soulagement de me confier à Adelita.

C'est alors que je me suis souvenu de son regard accusateur, un de ces jours incroyablement lointains où nous formions encore une famille. Adelita sortait d'un rêve troublant, un truc érotico-terrifiant. Elle se souvenait d'un corps de femme, juste un corps (le sien) qu'essayait de traverser un groupe d'hommes. Ils voulaient communiquer entre eux et la pénétraient simplement pour se rejoindre. Je n'oublierai jamais le réveil affolé d'Adelita et ma mine piteuse quand elle a raconté tout ça.

J'allais devoir l'affronter une fois de plus, lui dire toute la vérité. Mais la vérité était que je m'étais trompé. Qu'on ne me dise pas que l'erreur est humaine. L'erreur est inhumaine.

J'ai refusé d'aller voir le docteur Simon. J'ai également boudé la promenade. Nizar s'est montré surpris mais n'a fait aucun commentaire. Je me suis fait une idée assez fausse de la vie. Maintenant je voudrais vérifier ce que je sais de la mort. Je n'ai qu'un regret : ne pas avoir été plus proche d'Adelita. En bon policier, j'aurais aimé avoir sa version des faits.

En tant que mari, j'aurais aimé être plus qu'en elle, être elle. Mais la vie à deux ne ressemble pas au champ-contrechamp des dialogues de cinéma. On n'a qu'une caméra sur l'épaule et elle filme un point de vue, un seul.

II

Contrechamp

Avec l'amour maternel, la vie vous fait à l'aube une promesse qu'elle ne tient jamais. On est obligé ensuite de manger froid jusqu'à la fin de ses jours [...] Vous avez fait, dès la première lueur de l'aube, une étude très serrée de l'amour et vous avez sur vous de la documentation.

Romain Gary, *La Promesse de l'aube*

Drame intime

Chez le boulanger, Mario reconnaît un clown des rues qui lui lance souvent des bonbons. Il me glisse à l'oreille, tout confus :

— Je savais pas qu'un clown, ça allait dans les boulangeries...

Nous rentrons de l'école à petits pas, avec nos haltes rituelles. Mario sort de sa poche le trésor du jour, d'un air de conspirateur.

— Amalya m'a prêté cette pierre précieuse et elle a dit que, demain, je vais lui rendre. Mais demain, je vais oublier.

— Tu es sûr que c'est une bonne idée ?

Je le regarde de la tête aux pieds, une activité très brève.

— Quelqu'un a dit qu'elles étaient belles, tes nouvelles chaussures ?

— Non, c'est moi qui me le suis dit...

L'air est tiède, avec un petit vent qui simplifie tout.

— Regarde, je t'ai dessinée !

Ses poches ressemblent aux boîtes des magiciens, il en fait surgir des objets démesurés. Sur le dessin, Mario m'a représentée ronde et rose, au milieu de poules. L'ambiance est contagieuse. Je respire à fond, comme si je revenais à la campagne après une longue absence.

Au second feu rouge, nous croisons deux hommes. L'un me fait une sorte de révérence pendant que l'autre me glisse dans l'oreille :

— Si tu veux, on t'en fait un deuxième.

Il est beaucoup question du chiffre deux dans cette courte histoire.

Le feu rouge est vert mais nous traversons pour fuir les types qui m'ennuient. J'en suis gênée pour plusieurs raisons : on peut se faire écraser, je donne le mauvais exemple à Mario et je fais perdre leur temps à plusieurs automobilistes. Cette perte de temps va se démultiplier : des écoliers attendront leurs parents à la sortie, des patients s'énerveront en guettant leur médecin ou je ne sais quoi encore. Je déteste mettre un pied dans le temps des autres. Et si je provoquais un accident ? Agacés par le contretemps, les automobilistes pourraient accélérer et tourner à droite sans regarder derrière eux, au risque d'éliminer un cycliste. Et là, on changerait de catégorie : du temps perdu aux vies perdues. Pourtant, au feu suivant, je traverse encore au vert.

— Ah ben bravo, bon anniversaire. Dis donc, quand je serai un papa, tu voudras que je fasse comme toi ?

Mario a raison. On dirait que je n'ai rien appris, que je n'ai aucune intention d'apprendre. Nous grimpons nos deux étages avec cette joie communicative des galériens dans leur galère. Mario se réfugie devant la télé dans une posture définitive.

— Quand elle sera morte, tu viendras prendre ton bain.

— …

— Mario, tu as entendu ? je m'égosille depuis la cuisine.

— Je ne réponds pas car tu as dit que, si on voulait parler à quelqu'un, on venait tout près de lui.

Il regarde un film interminable dont l'héroïne ne veut pas se résoudre à mourir. C'est pourtant prévu dans le résumé, paru la semaine précédente dans le programme télévisé et rédigé à partir d'un dossier de presse fourni dans les années quatre-vingts. À cette heure-ci, des millions de gens connaissent le sort réservé au personnage principal et s'impatientent. Personne ne s'est mobilisé pour soutenir l'héroïne. Personne n'a signé de pétition pour sa survie. Tout le monde est pressé d'en finir.

La jeune femme souffre d'une maladie incurable, avec des rémissions et des rechutes éprouvantes. Je me retiens d'éteindre. Mario est fasciné par la mort depuis que la guerre a éclaté en Irak et Hugo dit qu'il ne doit pas vivre dans un cocon.

— Qu'est-ce qu'on mange ?

— Viens voir, si ça t'intéresse.

Les petites claques de ses chaussons sur les carreaux stoppent net quand Mario, l'air trahi et stupéfait du modèle qui découvre son portrait peint par un artiste non figuratif, se trouve nez à nez avec le plat de légumes.

— Je t'ai fait aussi des pommes de terre sautées.

Mario se serre aussitôt contre moi, rassuré après ce drame intime. Je m'accroupis et il me tapote l'épaule en confiant :

— Je suis fier de toi.

Je me redresse, droite comme un i. Je me sens puissante et légère à la fois, magnifique et rayonnante. Mais je ne me suis pas encore vue dans la glace. Et donc, ensuite, je me vois dans la glace.

C'est l'autre visage de la mère qui travaille. Cette femme est comblée (pourquoi ne le serait-elle pas mais, d'un autre côté, pourquoi devrait-elle l'être ?), pourtant elle est fatiguée. La vie est fatigante pour une femme qui travaille et si tout le monde le sait, personne ne veut que ça change.

Deux ou trois corvées

Dans la série télévisée favorite de Mario, qui fut la mienne vingt ans plus tôt, un enfant noir désespéré pose à un homme blanc une question comme : « Préféreriez-vous avoir une longue vie et être noir, ou vivre moins longtemps et rester blanc ? » Vaincu par l'argument, l'homme blanc détourne les yeux.

Aujourd'hui, je ne fais plus que passer devant la télévision. J'en saisis des bribes quand je range les jouets du salon. Quand je repasse le linge. Quand je replace les anneaux des rideaux. Quand je m'attaque à la poussière de la bibliothèque. Quand je classe des photos. Quand je réponds au courrier. Quand je fais les comptes et règle les factures.

Vous voulez tout savoir ? Je fais les lits, je vide le pot de Mario, je change l'eau du poisson rouge, j'efface les traces de doigts, je prépare les repas, j'essuie la vaisselle, je ramasse les miettes, je lave l'évier, la baignoire et le lavabo, je passe l'aspirateur, je nettoie le cabinet, je fais briller les miroirs, je descends les poubelles, je coupe les ongles, je nettoie les oreilles, je lave les cheveux, je remplace les savons mollissants et finissants par des savons fermes et neufs. Je recouds les boutons, je prépare le goûter dans le sac à dos, je réponds au cahier de liaison de la maîtresse, je cire les chaussures, je gratte la colle étalée sur les carreaux, j'élimine les fourmis attirées par une aile de papillon, je raccroche un tableau, je discute avec les voisins qui viennent sonner à notre porte, je vis avec – en équilibre dans la tête – une liste de courses jamais close, toujours mouvante, je prépare la sonnerie du réveil pour le jour suivant.

Certaines tâches ne sont que mensuelles : dégivrer le réfrigérateur (si quelqu'un a déjà vu un homme le faire, qu'il m'appelle tout de suite sur mon portable), porter les couettes au pressing (et les ramener), s'occuper de la voiture (mettre de l'huile, vérifier la pression des pneus, prendre de l'essence, la laver...), aller chez le médecin ou chez le dentiste (combien d'heures passées dans une salle d'attente ?), laver les vitres... environ trente corvées mensuelles et donc au moins une quotidienne. D'autres tâches sont hebdomadaires : emmener Mario au cours de musique (et l'attendre dans la voiture) ou l'accompagner chez l'orthophoniste. À sept, ces travaux hebdomadaires deviennent eux aussi quotidiens, par un tour de passe-passe d'implacables mathématiques.

La plupart des tâches se décomposent en une série de microtâches, ce qui produit une espèce de chaos qui me transporte de pièce en pièce comme une toupie vivante.

La scène quotidienne connaît des variantes. Version malade (39°) : ambiance ouatée, corps endolori, opérations qui se démultiplient. L'écho d'une eau de vaisselle gronde encore dans mes oreilles quand j'essaie de tenir debout près des vapeurs du bain de Mario. Le sang me bat dans les tempes lorsque j'emballe mon fils dans sa serviette et le porte jusqu'à son lit. Il bat encore lorsque j'essaie de repasser les habits du lendemain, au moins ça.

Version comique : je sors déboussolée d'un rêve entêtant, je renverse une tasse, je retrouve ma voiture emboutie sur le parking du supermarché et j'apprends, convoquée par la maîtresse de Mario, qu'il est allé douze fois au coin la dernière semaine. Version sinistre : la même chose, plus une remarque désobligeante de Hugo à mon retour (concernant la voiture, pas Mario).

Ces variantes sur le thème des corvées ont une fonction médico-sociale : elles évitent l'installation d'une routine et la dépression qui s'ensuivrait.

À part ça, je travaille dans une librairie huit heures par jour et, le soir, j'accomplis aussi des choses pour le plaisir : raconter à Mario son histoire, recevoir des amis, téléphoner à la famille, faire l'amour à mon mari. Toutefois si je veux me faire belle, si je veux un peu d'intimité, j'ai intérêt à me lever à cinq heures du matin. Si je veux faire du sport (du vrai, parce que porter les paniers de courses dans les escaliers ou frotter les tapis l'échine courbée, ça ne compte pas), j'ai intérêt à me coucher tard. Je ne me plains pas parce que j'ai le choix : je peux faire de la gym à cinq heures du matin et m'occuper de moi le soir.

Ma vie familiale est un face à face avec les objets, un tête-à-tête avec un enfant, un corps à corps avec un homme. L'amour est la petite sauce qui lie le tout mais il m'est de plus en plus difficile d'en parler. Et puis, en parler avec qui ?

Alors me vient cette question aux accents télévisuels : préféreriez-vous avoir une longue vie et être une femme, ou vivre moins longtemps et rester un homme ?

Je dis cela parce que les femmes vivent plus longtemps, c'est bien connu.

Pas de chance

— Dis donc, Mario, tu ne peux pas tirer la chasse d'eau ?

— Si, je peux.

— … Eh bien, je t'en prie…

— Oh ! Je dois tout faire dans cette maison !

Né autre part, Mario pourrait travailler aux champs, porter une arme d'enfant soldat, être amputé par une mine antipersonnel. Né ici, il ne peut pas tirer une chasse d'eau.

Mes envies boulimiques de jouer avec lui se cognent à ma fatigue et deviennent de pâles copies anorexiques. Partir, se reposer un week-end ? Il suffit d'organiser un voyage, de préparer les valises, de charger les vélos dans la voiture, de prévoir un pique-nique, de convaincre Hugo, de subir les embouteillages. Se reposer est fatigant.

Hugo, pas de chance, part trop tôt et rentre trop tard pour prendre part aux tâches ménagères. Comme il fait la vaisselle une fois par mois, il se sent autorisé à affirmer « je fais la vaisselle ». Je ne le contredis pas. J'essaie d'accomplir toutes les corvées discrètement afin de rester désirable, de ne pas ressembler à une souillon. C'est ce que ma mère m'a appris. C'est ce que sa propre mère lui avait appris. Nous sommes une lignée de femmes pathétiques.

Florence, mon amie d'enfance, pense que les hommes ont une vision parasitaire du couple. Ils s'y installent avec la ferme intention d'en profiter, les plus doués donnant – cerise sur le gâteau – l'impression d'être complètement débordés. Voici ce que je pourrais ajouter en note de bas de page : mes parents aiment me rappeler que, petite, je mettais dans la bouche de ma meilleure amie ce que je rêvais de dire ou de faire mais, dans ce cas précis, c'est faux, *absolument* faux.

D'ailleurs Hugo est différent des autres hommes. Il s'inquiète :

— Pourquoi t'infliges-tu tout ça ?

— Parce qu'il le faut, dis-je en feuilletant mentalement mon catalogue de tâches ménagères pour vérifier si, vraiment, certaines pages ne peuvent pas être déchirées.

Je ne suis pas psychorigide et je serais prête à renoncer à quelques corvées si la vie le permettait. Seulement ma voix sonne faux. On dirait un enfant doublé avec une voix d'adulte dans une série pour adolescents.

J'ai une autre explication que ce décevant « il le faut », mais elle est biologique (n'ayez pas peur, ce n'est pas ce que vous pensez. Quoi, vous y pensez ?) Au tout début de notre histoire personnelle, il y a un ovule qui se divise, se divise encore et se redivise pour créer la vie. Alors peut-être qu'ensuite, devenus grands, on continue à se disperser pour faire croire qu'on est vivant.

Des fois aussi, tout repose sur un accord tacite : une épouse peut accepter en silence les travaux domestiques parce que son mari lui offre en retour une vie confortable (de belles vacances, une maison agréable). Ce n'est pas mon cas. Pour l'instant, Hugo et moi, nous sommes fauchés comme les blés. Nous ne parvenons pas à économiser. Même si nous ne faisons que respirer, l'argent s'en va par le jeu des prélèvements automatiques, un jeu qui ne fait rire personne mais qui accrédite l'idée que la vie a de la valeur. Malgré l'état de nos finances, j'aime bien aller dans les magasins. J'y vais pour me convaincre que rien ne me va. Je ne sors pas toujours convaincue mais je repars avec une image ou deux, moi avec la robe rouge, moi avec le manteau blanc.

Ce soir, j'emmène Mario pour une petite tournée dans le quartier. Dans un magasin vaguement démodé, il essaie un chapeau mou, beige.

— Regarde, maman ! Je suis déguisé en éponge.

La vendeuse éclate de rire, on voit bien que ce n'est pas la créatrice du modèle.

Mario a besoin, autant que moi, de changer de peau, de se voir autrement. C'est le rôle des habits mais ça devrait être le rôle de la vie. Pourquoi nous fige-t-elle dans un personnage et un seul ?

Mon petit garçon m'entraîne vers une vitrine de bijoux. Il est fasciné par ce qui brille.

— Maman, il est magnifique ce petit cœur !

— C'est toi, mon petit cœur.

— J'en ai assez que tu dises : c'est toi mon cœur, c'est toi ma tartine, c'est toi mon haricot, tu vois ?

Mario me ressemble mais il a aussi beaucoup hérité de son père. Son héritage est une forme de résistance obstinée à l'amour, celui qui se voit et celui qui s'entend.

Coup de semonce

Mario me prend de court avec une poésie qu'il vient d'inventer dans son bain :

Les bébés rouillés
tètent les seins rouillés
de leur maman rouillée.

Ai-je l'air si usée ? Est-ce que je me suis plainte ? Et c'est quoi, cette histoire de bébé rouillé ? Elle me met mal à l'aise. Je pense à une prémonition. Je me mets à avoir peur. La force de ce petit poème !

J'essuie Mario. Pendant qu'il enfile seul son pyjama, je me réfugie dans la chambre conjugale. La commode sur laquelle s'accumulent, année après année, les cadeaux de fêtes des mères fabriqués à l'école ou au centre de loisirs a pris des allures d'autel recouvert d'offrandes. J'y vois de nouveau un mauvais présage.

Enfant du vingt et unième siècle, Mario installe tout seul une cassette dans le magnétoscope. Quand je le rejoins au salon, il se tient les côtes et son fou rire est contagieux. Il fait un arrêt sur image pour me permettre de comprendre :

— La maman de Franklin lui a dit : « Tu veux monter sur une échelle pour écrire ton nom sur les nuages ? »

C'est un tout petit garçon qui me parle. Mes mauvais pressentiments s'estompent. Mario prolonge son rire, parce que rire est devenu son activité préférée ces derniers temps. Il est heureux. Il ne lui arrivera rien.

J'éprouve le besoin de reprendre la main, de réaffirmer mes pouvoirs de mère un instant ébranlés. Alors je donne un petit coup de semonce, je frappe là où ça fait mal.

— Mario, si tu continues à sucer ton pouce, tes dents vont devenir horizontales.

— Mais je t'avais prévenue, quand j'étais bébé, que je ne voulais pas de dents !

— Regarde, tu recommences… Arrête !

— Bon, d'accord. Je vais sucer l'autre pouce… Maman ?

— Quoi ?

— Tu es ma petite maladie.

La nuit m'apporte, en rêve, le complément de ma journée : pas plus de tendresse quand elle en a manqué, pas plus de rires ou de soleil (pas de compensations en fait), mais plutôt quelques pelletées de soucis et de frustrations supplémentaires (la règle est qu'on n'en a jamais assez).

Hugo est déjà parti quand je réveille Mario. Son visage endormi est une sorte d'astre d'où rayonnent mini-lapin, souris verte et son bébé Robin des bois. Mario a besoin de sentir leur fourrure dans ses cheveux. Les premiers mots du matin sont très importants. J'essaie toujours de trouver ceux qui le mettront de bonne humeur.

— C'est l'heure ! Aujourd'hui, il ne fait pas beau.

— Oh non... grogne-t-il comme s'il était visé personnellement.

Il plonge dans ses habits et en ressort à l'issue d'une courte bataille, les étiquettes devant, le slip oublié sur le lit. Je corrige le tir et l'emmène prendre son petit-déjeuner. Je m'assieds en face de lui. J'ai une boule dans l'estomac, toujours ce stupide pressentiment, comme un drame en attente.

— Maman, on a tous été des bébés ?

— Oui, mon grand.

— Mais alors, quand tout le monde était bébé, il n'y avait personne dans les rues ?

La semaine dernière, il m'a posé la même question à l'envers :

— Quand tout le monde va grandir, il n'y aura plus du tout d'enfants ?

Avec Mario, j'ai atteint une forme indépassable de bonheur. Il me semble que tout ce qui arrivera ne pourra qu'être dégringolade, chute sans fin.

Je me repasse mentalement son espèce de poème aux accents d'épitaphe. Qu'est-ce qui lui a pris ? Est-ce moi qui exagère ? Les mots de Mario fusionnent avec mes craintes refoulées, formant de sombres amalgames. Je dois faire diversion.

— Papa travaille samedi après-midi, alors on pourrait inviter tes copains : Thomas, Enzo, Louis…

— J'aime pas Enzo.

— Ça fait longtemps que j'ai promis à sa maman de l'inviter. Allez, si Enzo vient à la maison, tu seras gentil ?

— Oui, mais pas avec Enzo.

Moi, je dis que Mario n'est pas un enfant de cinq ans. Soit ce n'est pas un enfant, soit il n'a pas cinq ans.

La fin de petit Jules

Après une angine, Mario est tout content de retourner en classe, même si le discours officiel reste « j'aime pas l'école ». Voyant son ami Jules s'engouffrer dans la classe, il me souffle :

— J'ai vu la fin de petit Jules.

La maîtresse m'apprend que la kermesse de la maternelle a été reportée. Sur le chemin du retour, j'essaie de garder en mémoire que le rendez-vous du 17 à 14 heures à l'école devient celui du 19 à 14 h 30 au jardin municipal.

Je fais un saut à la banque. La conseillère corrige une erreur et me promet deux virements : l'un de 27 euros le 24 et l'autre de 2,80 euros le 27. Ces chiffres entrent dans la ronde de ceux qui tournent dans ma tête, et je me les répète tous en boucle jusqu'à la maison.

Joignables vingt-quatre heures sur vingt-quatre, les passants ont le dos qui sonne, les fesses qui sonnent. Ce sont de nouvelles espèces sonnantes…

Quand je pousse la porte de l'immeuble, les chiffres sont encore tous là. Je croise alors la voisine qui me parle de son départ le 26 et de la fête qu'elle organise le 18 à partir de 19 heures. Ce que je ressens subitement est très physique : l'effondrement d'un échafaudage interne et les débris projetés à vitesse numérique.

Je prends mes affaires et me rends à pied à la librairie, consciente du décalage surnaturel, grotesque, acrobatique, entre mon rôle de femme à la maison (diriger les opérations, tout assumer) et ma place au travail (subordonnée, subordonnée).

L'intérêt de cette place est de me faire vivre au milieu des livres. Mon métier m'oblige même à en lire beaucoup, pour conseiller les clients.

Petite, je prenais un plaisir indicible à écouter les histoires du soir, à me rouler dans les mots dits par la voix de maman, la voix de papa. Pourtant, quand l'instituteur racontait une histoire après avoir prévenu qu'il nous interrogerait pour vérifier si nous avions tout compris et qu'il ramasserait même les cahiers, mon cerveau se bloquait. Je m'agrippais à une phrase pour la retenir, ratant la phrase suivante, ce qui ne tardait pas à provoquer une panique généralisée.

Le même phénomène se reproduit aujourd'hui quand on annonce à la télévision une émission intellectuelle, ou quand je dois absolument lire un livre présenté comme la biographie de l'année ou le dernier conte moderne. Crispée sur les règles du genre, je ne peux pas me concentrer sur le texte. Cela n'a rien de glorieux, comme Hugo me l'a fait remarquer (Hugo qui ne lit jamais).

Ce soir, pas d'émission intellectuelle mais un show bien orchestré sur des familles en détresse. Des parents veulent garder l'anonymat. La caméra cadre leur buste, comme si ce cadrage était tout naturel. On connaissait le plan américain, le gros plan… Voici le plan sans visage. L'homme a les mains bronzées et les bras blancs, la femme les bras bronzés et les mains blanches. Lui, on comprend mais elle : elles étaient où, ses mains ?

J'ai une idée : elles étaient dans un livre. On a cru que la télévision tuerait le livre, mais il fait de la résistance. Il est le blanc de la télé.

Hugo a décidé d'innover : il nous fait manger devant le journal du soir. Il a besoin de se tenir informé.

— Au moins un minimum, pour le travail, se justifie-t-il.

Au théâtre, on assiste à un spectacle avec des interprètes. La télé est un spectacle sans interprétation. Regardez les informations. Les affaires livrées aux téléspectateurs rebondissent au gré des révélations, des indiscrétions, sans jamais être interprétées, sans jamais être traduites.

— Tu pourrais lire le journal.

— Ah oui ? Quand ?

J'avais oublié qu'il était débordé.

Mario commente les images.

— J'aime pas la publicité où il y a des filles. Elles font la nourriture, elles font la lessive, tu vois ?

Je m'adresse à Hugo en riant :

— C'est lui qui le dit, je n'y suis pour rien.

Hugo joue à celui qui ne comprend pas ce dont on parle. Il mâche son poulet en se concentrant sur les titres claironnés comme dans une vente à la criée, si bien que je ne sais pas exactement ce qu'il avale : mon repas ou les produits du marché télévisé.

Mario est autorisé à regarder un film avec nous ce soir. Il s'en est fait une telle fête qu'il s'est réveillé aux aurores. Il pense qu'il a grandi d'un seul coup et qu'il ne va pas tarder à devenir un adulte.

— Papa, quand je serai très grand, est-ce que je ferai de vrais bébés qui bougent et qui bavent ?

— Tu aideras ta femme à les faire, mais tu ne seras pas directement responsable.

Comparution immédiate

Mario est tout hésitant au retour de l'école.

— Maman, je veux te dire un truc mais je sais pas si je peux... Il y a un Q comme lettre.

Petite, j'avais ri sous cape de la même découverte.

Avec Mario, je reviens aux sources. Je retrouve des émotions plus aiguës, des premières fois, des rires jusqu'aux oreilles. Chaque mot d'enfant me tire par la jupe et je bascule, happée par le passé.

Je grignote des tartines de chocolat des années soixante-dix. Un simple pot de miel m'offre une visite guidée intégrale du premier appartement parental, de ses cloisons pliantes au tourne-disques posé sur la moquette (c'était bien avant la mode de la lutte contre les acariens, quand les moquettes représentaient encore un progrès domestique). Je revis mon aversion primitive pour les peignes à cheveux. Une odeur de bouée en plastique me rend mon bébé cosmonaute, un jouet très couru après 1969.

C'était une époque où l'aventure de l'automne se résumait à un pull (ses couleurs, sa texture, son parfum de laine) tricoté le soir par ma mère, où les souvenirs de l'été fondaient dans des glaces à la vanille moulées dans les révolutionnaires Tupperware.

Alors que personne ne dise (et que personne ne pense) qu'avoir un enfant, c'est devenir adulte. Il semble que ce soit exactement le contraire.

Premières trahisons, premières jalousies…

— Carla voulait s'amuser avec moi mais Laura lui a dit : dis donc, tu n'as pas autre chose à faire ?

Mario fait le modeste, celui qui n'y est pour rien si les filles se le disputent. Au cas où j'aurais pu me sentir fière, il ajoute :

— J'ai fait un peu le débile à l'école.

— Un peu comme quoi ?

— Comme quelqu'un qui va au coin, tu vois.

Je lui évite la comparution immédiate en annonçant lâchement qu'on en reparlera et je m'engouffre avec lui dans une agence immobilière.

Je demande à l'accueil s'ils ont de petites maisons à visiter. Mais ça ne se fait pas comme ça. Il faut ouvrir un dossier, parler de ses revenus, actuels et futurs. Il faut donner une idée de son apport personnel, évoquer un plan réaliste d'emprunt.

— Revenez nous voir quand vous aurez développé votre projet.

L'employée semble pressée d'accueillir le client suivant, sauf qu'il n'y en a pas.

— J'aimerais juste savoir si vous vendez des maisons qui correspondent à ce que nous cherchons.

— Je pense pouvoir déjà vous dire que non, malheureusement non.

Le « malheureusement » n'est pas venu seul. Il est accompagné. Veuillez trouver ci-joint un petit sourire figé, la patience a des limites.

— Mais je ne vous ai rien dit de nos attentes !

Incrédule, je regarde la jeune femme que je ne verrai sans doute plus jamais. Mes pensées vont à la famille, aux amis, aux amis de ses amis.

Elle confirme la fin de la discussion en pointant des yeux la sortie :

— Au revoir madame.

Confondue par tant de professionnalisme, je bats en retraite. Mince, je pourrais être en deuil, et elle me congédie sur ce ton ! C'est à se demander s'ils recherchent des clients, si la vente de biens immobiliers est leur véritable activité...

En me retournant, je découvre que Mario s'est soulagé contre leur vitrine. Cette fois, il va comparaître en procédure de flagrant délit et il ne sortira pas de sa chambre avant un bon moment (son casier est déjà bien chargé).

Aujourd'hui, tout le monde comprend et maîtrise le vocabulaire juridique. C'est grâce à la télé si chacun peut résumer une affaire criminelle avec un langage de « pros » : *la famille de la victime s'est portée partie civile. X n'a pas tenté de ses soustraire à la justice.*

Il a été entendu comme simple témoin avant d'être placé en garde à vue. Il risque fort d'être mis en examen. Si c'était le cas, il encourrait une peine de dix à quinze ans de réclusion.

Qui avait cette compétence dans les années cinquante ? La télévision est extraordinaire : elle fait de nous des spécialistes (des enquêtes policières, de la médecine urgentiste, de la culture de l'oignon doux en Cévennes).

Mario ne bénéficiera d'aucune circonstance atténuante. Il va pâtir du contexte social et de la mauvaise humeur du juge : je lui en veux de m'avoir remise dans ma peau de parent, lui qui avait su me rendre mon enfance.

Le PPDC

Quand je sors de la salle de bains, Mario a visiblement décidé que sa punition était terminée. Il m'attend, un grand cahier à la main, pour me faire signer une pétition contre la guerre dans le monde. Il me tend un stylo. Il a tracé des lignes, écrit lui-même quelques noms. Il me sort son petit baratin et je signe.

Mario est un enfant et, en même temps, c'est mon enfant. Je n'ai jamais connu une sensation pareille. Je l'embrasse sur les paupières et je me prépare à dîner seule avec lui : Hugo est, une fois de plus, retenu pour la nuit.

Après les informations télévisées, Mario dessine des pompiers morts, des sous-marins nucléaires, des oiseaux mazoutés. Le journal s'achève toujours sur une note culturelle : actrices adorablement décaties, chorales médiévales sur sites gallo-romains, concours international de la chanson (plus petit dénominateur commun des goûts musicaux). La culture est censée adoucir ce qui précède : découvertes d'armes bactériologiques ou de charniers enfouis, enfants maltraités et violences conjugales... Vraiment, il y a de quoi être rassurée quand on sait ce à quoi les autres vouent leurs soirées.

Pour que Mario ait une petite chance de faire de beaux rêves, je lui raconte son histoire préférée. Il la connaît par cœur et je le laisse finir quelques phrases, comme une star du rock qui tend son micro au public pour mesurer sa popularité. Ensuite, on se dessine des lettres dans le dos et l'autre doit deviner ce qui est marqué.

Quand Mario se couche, il me lance :

— Bon, on se marie quand ?

Pour la douzième fois, je rappelle notre différence d'âge, notre lien de parenté, mon mariage avec son père... Vexé, il riposte :

— Tu es trop jeune pour me plaire...

Hugo ne rentrera pas avant minuit alors je décide de lire au lit. Les bons livres sont faits de trouvailles et d'entre-deux narratif, ce liant plus fade, plus reposant, qui met en relief les trouvailles en question. Le roman que j'ai choisi n'a que l'entre-deux et, très vite, je m'assoupis.

Hugo me réveille en se glissant sous les draps mais je ne le montre pas. Il m'enveloppe, m'embrasse mais je ne me réveille toujours pas. Il continue... mais toujours pas. Quand mon sommeil commence à devenir suspect, j'ouvre les yeux.

Et c'est ensemble que nous prenons garde à ne pas réveiller Mario.

Dans la première partie de sa vie d'adulte, on devrait se taire. Se taire et faire l'amour. Si seulement on y consacrait la même énergie qu'à réussir sa carrière ou qu'à entretenir sa maison... Les héros français sont de grands navigateurs, des tennismen, des footballeurs... pas des hommes qui se dépensent pour procurer du plaisir à leur femme et s'en donner aussi. Les exploits sportifs sont valorisés, pas le dévouement sexuel.

Les sondages télévisés révèlent sous une lumière crue des moyennes mensuelles livides : cinq fois, dix fois... Le seul mot "fois" est obscène. De quoi parle-t-on ? D'un acte isolé, comptabilisable ? L'amour n'est-il pas continu ? N'est-ce pas une ambiance érotique, des caresses à n'en plus finir ? Je ne vois pas de fois là-dedans.

Je sais que certaines femmes ne recherchent pas les rapports sexuels. Avec elles, toujours plus de jours que de nuits, comme dans un forfait hôtelier : « trois jours, deux nuits. » Il suffit de trouver les hommes adaptés. J'imagine leur rencontre amoureuse comme une écluse qui place au même niveau deux péniches apathiques.

Ce n'est pas grave, on n'est pas obligé de s'intéresser au sexe. Mais si on s'y intéresse, il faut le faire bien ! Voilà ce que je pense, mais je suis trop pudique pour en dire davantage. Demandez à Hugo (qui, je l'espère, ne vous dira rien).

Le plus dur, c'est de me regarder avec les yeux de Hugo et, en même temps, avec ceux de Mario. Bien sûr, nos relations n'ont rien à voir : l'un veut m'épouser (Mario), l'autre ne le voulait pas mais s'est apparemment senti obligé. Six ans, ce sont les noces de quoi ?

Nous ne regrettons rien. Nous partageons la même vision aphrodisiaque du pire et du meilleur, nous coulons des jours heureux sans complications. Le problème pourrait venir de la suite. Je voudrais un deuxième enfant et Hugo n'est pas prêt. Le problème est même plus précis que cela : j'attends un deuxième enfant et Hugo n'est pas au courant.

J'ai voulu profiter de notre anniversaire de mariage pour le lui annoncer, mais ma digression sur le plaisir m'a fait perdre un temps fou. Je pense que demain, ce sera mieux. Je lui expliquerai que ce n'est pas de ma faute – ce qui est vrai – et que je me sens en pleine forme, prête à tout assumer. Ce qui est faux.

La saga du week-end

Hugo rentre tard, prend une douche et allume la télé. Je m'interpose, les mains sur les hanches.

— Des fois, je me demande ce que je fais avec toi.

— Oui, mais des fois, tu le sais.

J'imagine que c'est une histoire d'œil directeur : si on ne cligne pas du bon côté, on voit le monde légèrement décalé. C'est comme la *télé*-vision. Elle devait nous permettre de voir de loin. Mais ce qu'elle s'échine à nous montrer de près (bouche géante de vingt centimètres sur trente avec le rouge à lèvres assorti) ne faisait pas partie de notre projet culturel. On doit être trente millions à le penser, deux à l'avouer et quelques individus à l'écrire car je crois que les autres travaillent pour la télé (j'ai l'air de la critiquer mais toutes mes évasions télévisées, toutes mes cavales, n'ont été possibles qu'avec des complicités venues de l'intérieur).

Hugo me soulève dans ses bras avec une aisance même pas feinte. Il organise la pénombre de la chambre et retire mes habits d'une seule traite, comme dans ces tours de prestidigitation où les mouchoirs se retrouvent tous attachés par un petit nœud et disparaissent ensemble au fond du chapeau.

J'envie la limpidité de ses désirs, la force de ses convictions. J'aime ses projets amoureux, comme j'aime la nuit noire, le vent violent, la littérature maléfique. Il faut fréquenter le mal : c'est lui qui propose le meilleur point de vue sur le bien. Si on ne comprend pas le mal, comment prétendre connaître le bien ?

Hugo me révèle à moi-même. Dans le cadre des enquêtes qu'il mène à la PJ, les équipes scientifiques peuvent recourir au Luminol pour faire surgir des taches de sang d'une scène de crime apparemment immaculée. C'est Hugo mon Luminol. C'est lui qui m'aide à livrer mes secrets.

On procède de manière empirique, c'est comme ça qu'on fait des découvertes formidables.

— Qu'est-ce que c'est ? dis-je dans le noir.

— Une barre de radium.

Je n'ai rien contre les radiations. Pour me protéger, je veux dire.

Le lendemain matin, mon réveil est solitaire mais optimiste. Mario a déjà allumé la télé qu'il ne regarde pas. Un journaliste tend son micro : « Comment vous vous y prenez, vous ? » (au cas où l'interviewée comprendrait : « Comment vous vous y prenez, moi ? ») Il parle de la drague. Le thème est léger, le temps des vacances approche.

Mario attend fébrilement notre départ. Il a tenu à pré-gonfler ses bouées, mais a surtout réussi à les remplir de salive. Le soleil a commencé à blondir ses cheveux et il me semble que ses jambes ont grandi (ou peut-être est-ce l'effet d'optique produit par ses shorts).

Pour ce dimanche précédant la dernière semaine de classe, je suis encore en tête-à-tête avec mon fils. Pendant qu'il dessine, je rends un ultime hommage à la télé en regardant ses programmes du week-end. En congé, il ne sera pas question de télévision. C'est une règle non écrite (une règle télévisuelle).

J'évite la saga qui veut nous enlever en début d'après-midi et nous ramener sur la rive du canapé, à la fin du jour, hébétés, pantelants, stupéfaits par notre propre inertie. J'opte pour un reportage américain retraçant des affaires criminelles. Les scènes reconstituées sont de pures agressions pour le cinéphile : lumières saturées, jeu outrancier des acteurs, qualité d'image digne d'une vidéo porno d'amateur. Mais dans l'ensemble c'est attractif, bien construit, apprécié par tous sauf la famille des inculpés.

Ce que la télé n'annonce pas : les faits divers en préparation (épouses qui ne vont plus tarder à succomber sous les coups, enfants qui vivent leur dernier calvaire avant leur sauvetage par les services sociaux) et ceux qui n'affleureront jamais car ils ne sont pas supposés émouvoir le grand public (disparitions de sans-abri et de prostituées étrangères, maltraitances de personnes âgées, tous phénomènes qui ont l'avantage de se produire dans d'autres régions, puisqu'on ne les remarque pas chez nous).

J'ai noté que la violence était surtout conjugale, filiale, professionnelle, routière… Rien à voir avec une bagarre des rues, avec un truc que des policiers en vélo peuvent éradiquer. La violence est dans nos familles, dans nos mains. Pour la conjurer, s'entraîner à la vie collective, on fait quoi ? On regarde la télévision, chacun son programme.

Mario utilise surtout la télé comme boîte aux lettres pour ses cassettes de dessins animés. Il n'accepte pas encore de subir les émissions personnelles de notre appareil domestique. Je le considère comme une sorte de héros naïf. J'aimerais que ma vie se rembobine pour devenir comme lui : de petite taille mais intègre.

Indiens dans la ville

Si le son a une vitesse, il a aussi un volume. Et celui de la télé n'est pas stable. D'une chaîne à l'autre, d'une publicité à un reportage, la voix de la télé se module. La pub doit être plus difficile à comprendre, alors on nous la crie. Les voix féminines invitent aux câlins, ou à entrer dans l'univers enchanté des poudres à laver. Les voix d'hommes mûrs rassurent et garantissent la fiabilité du produit. Les enfants ont une petite voix adorable qui fait rire et acheter. Si ce n'est pas suffisant, ils se mettent à chanter.

Un message présidentiel est prononcé à haute et intelligible voix ; mais peut-être est-ce sa solennité, ou encore le silence environnant, qui lui donne son aura audiovisuelle dans le soir sacralisé...

Les variations du son me semblent mystérieuses. Pourquoi chuchote-t-on dans les musées et pas dans les cages d'escalier des cités ? On le remarque très bien au journal télévisé.

Le son de la télé n'est pas naturel. Rien à voir avec les bruits de la forêt : épines qui crissent sous les pas, vent qui prend les arbres pour des flûtes, oiseaux du petit matin ou oiseaux de nuit… Rien de commun non plus avec la cavalcade de chevaux sauvages dans les collines ou le déferlement d'une rivière.

Issue de Comanches d'Oklahoma, ma mère a épousé à trente ans un pilote de ligne français, conformément à sa destinée socioprofessionnelle d'hôtesse de l'air. J'ai grandi à Paris et mes racines indiennes n'ont rien donné, si ce n'est un besoin ancestral, quasi physique, de me frotter à la nature, de me fondre dans ses bruissements.

Les faux bruits de la télé, enregistrés après les tournages et plaqués sur les images filmées, m'agacent comme du poil à gratter. Les westerns, que je regarde tout de même avec curiosité, sont déprimants avec leur goût appuyé pour les coups de fusil et le sort sans nuance réservé aux Indiens : bons et massacrés, mauvais et massacrés.

Si, si, mes racines familiales ont donné quelque chose : un petit garçon aux yeux noirs et aux cheveux raides, capable de jouer des heures avec des bouts de bois, passionné par les animaux, l'air définitivement déboussolé dans une grande ville pleine d'automobiles.

Seule dans la nuit, la télé continue de dérouler un dialogue dont on n'entend qu'un acteur :

— Tu ne m'éteindras pas.

— …

— Parce que !

Rien de plus affreux que de croiser son reflet dans la télé : on y est méconnaissable, comme passé par un logiciel de vieillissement pour enfants disparus. La vérité est que la télé nous donne l'air maltraité.

Ce qui peut aussi donner l'air maltraité : apprendre (pour une fille) que son premier amant a été, des années plus tôt, celui de sa mère (une autre version existe au masculin) ; découvrir que la mère croyait que sa fille, petite, l'espionnait ; comprendre qu'elle l'a donc toujours considérée comme une menace, qu'elle aimerait que sa fille disparaisse avec ce secret qu'à sa demande, elle a toujours gardé ; que, pour cette raison, sa mère la dénigre publiquement et finit par la déshériter (cette fille serait bien du genre à mourir de chagrin, confrontée à un désamour qu'elle peut de moins en moins ignorer). L'amant pédophile (la fille n'avait pas quinze ans) court toujours.

Une autre forme de maltraitance : une femme se fait violer par son premier employeur, sans opposer de résistance car elle ne veut pas perdre son travail. Elle a quitté sa région natale pour occuper un poste qui fait sa fierté, elle ne veut pas reculer.

Encore d'autres exemples : un homme abandonne sa femme à la naissance de leur enfant. Il n'a pas la force de l'élever, même pas celle de le prévenir quand il lui arrive de renoncer à une visite. L'enfant qui l'aura attendu vainement à la gare, le jour de ses trois ans, dira : « Sur le quai, il y avait plein de monde, mais il y avait personne aussi. »

Des tonnes d'événements donnent l'air martyrisé, mais rien qui vaille la télé. Pourquoi ? Parce qu'elle naît de cerveaux humains qui s'y connaissent en maltraitance. Et les moyens qu'on n'a pas dans la vie pour nuire à autrui, on les trouve dans les films. L'argent n'est même plus un problème.

Peut-être suis-je endurcie aux pires moments de la télé. Peut-être est-il trop tard pour moi et ma génération. Mais peut-être est-il encore possible de sauver Mario.

Sauver Mario

Tendue comme une toile de maître, mais comme une toile qui aurait mal vieilli, la télévision n'est pas le petit écran que l'on dit. Voyez-vous un autre objet cubique aussi volumineux dans votre salon ou, pire, dans votre chambre ?

Ma télé est grosse. Elle m'impose ses discussions. Elle m'ennuie. C'est décidé, je l'arrête. Et l'arrêter le matin, c'est plus facile.

Mario ne veut pas être en retard, alors je glisse une petite bouteille d'eau minérale dans son sac à dos et nous dévalons nos deux étages, sans nous tenir la main. La maîtresse a dit que c'était dangereux, qu'il valait mieux se tenir chacun à la rampe, comme me le répète à volonté son élève bien discipliné.

Dans la rue, je récupère la main de Mario. Sur le trottoir, je m'arrange toujours pour que je sois côté rue, et lui côté mur, ce qui implique à chaque traversée une redistribution des places.

La ruelle est étroite, pourtant des voitures sont garées de part et d'autre de la chaussée. Nous les contournons, nous contournons aussi les poubelles, et c'est là que j'entends le bruit, anormal, d'une voiture qui ne veut pas ralentir. Ce n'est pas possible : compte tenu de l'exiguïté de la voie, elle ne passera jamais.

Un rétroviseur saute. La voiture rebondit, se projette à gauche. D'abord écrasé, Mario est ensuite fauché, accroché par les habits. La voiture le traîne sur trente mètres avant de l'abandonner sous mes cris (mes halètements, mes râles, mes nausées). D'autres parents amenaient leurs enfants à l'école. Ce sont eux qui appellent le SAMU.

J'entre dans l'ambulance. Mario est inanimé. Je me raccroche à chaque parcelle de chair intacte pour me dire qu'il peut s'en sortir. Que la vie peut repartir de ce que j'ai sous les yeux. Après tout, quand il est né, sa masse vivante était beaucoup plus petite que ça.

Son foie est touché, sa rate aussi, un rein est détruit. Un traumatisme crânien le rend inaccessible. Je passe une matinée suspendue. J'oublie d'appeler Hugo. Je serre la petite main de Mario quand on me le ramène. On me dit qu'il est mort. Je le couvre de baisers, je le réchauffe de mes larmes mais c'est vrai, il est mort.

J'appelle Hugo.

Nous rentrons ensemble à la maison. Quand j'étais partie à la maternité, Hugo m'avait dit : « Tu te rends compte ? Lorsque nous franchirons le seuil dans l'autre sens, nous serons trois. » C'était la préhistoire. Aujourd'hui, « ensemble » signifie « trois moins un ».

— Maman, une belle surprise t'attend à ton retour.

C'est ce que Mario m'a annoncé ce matin d'un air victorieux, en fermant la porte de sa chambre. Alors je l'ouvre, bien sûr. La chambre de Mario est impeccablement rangée. Pour la première fois, il a fait son lit. *La première fois ?*

Sa boîte à trésors fermait mal, alors il a un peu trop appuyé sur le couvercle qui s'est déformé. Son bébé Robin des Bois est couché à sa place, les draps relevés jusqu'au menton. Je pense au linceul. Je pense à la morgue.

Je me sens coupable parce que c'est moi qui ai imprimé son rythme à cette journée. J'ai programmé le réveil, j'ai tardé à sortir Mario de son lit, j'ai accumulé les contretemps. Hugo ne s'en rend pas compte. Il me serre dans ses bras comme si j'étais une victime. Il ne comprend rien. Je le repousse.

Je suis traversée par une douleur à double tête, une douleur mythologique. La famille va arriver. Je ne sais plus faire de café.

Je reste debout dans le couloir avec mes idées qui s'agitent dans tous les sens. Je ne veux plus bouger d'un centimètre. Rien ne sert plus à rien. Je ne pourrai plus jamais parler.

Mes parents arrivent. J'essaie de lire dans leurs yeux s'ils me pensent coupable. On est toujours responsable de son enfant. Mais leur enfant, c'est moi. Ils m'enveloppent et je tombe en miettes. Mario m'avait déjà fait peur : quand il s'était enfoncé une graine de micocoulier dans le nez (petite inquiétude) ; quand, à la mer, il avait voulu rejoindre une mouette flottant au large (belle frayeur) ; quand il avait enjambé la fenêtre du voisin (indicible terreur). Mais au fond, je ne le croyais pas capable de mourir, pas avant moi.

Je n'ai pas encore eu le temps de penser au chauffard. Ça viendra plus tard. Ce qui vient tout de suite, c'est la certitude que je ne pourrai plus tenir un volant. Je suis terrifiée à l'idée (qui n'est désormais plus une idée, mais une conviction physique) qu'une seconde d'inattention puisse détruire des vies.

Hugo est accablé mais il trouve la force de maudire le conducteur. C'est de l'énergie perdue. Je lui reproche silencieusement de ne pas vouer toutes ses pensées à Mario.

Mario, Mario…

Je ne le répéterai pas

Il faut toujours faire les démarches en double. On dirait que l'administration a besoin d'informations répétées, assenées. Or je n'ai plus de force. Je voudrais lui demander pitié.

L'enterrement est une épreuve démesurée.

Comment font les autres ? En évitant les chants, les témoignages, les fleurs toutes blanches, il reste le petit cercueil, le trou dans la terre, l'adieu à jamais.

On me dit :

— C'est dur, mais il faut que tu t'en remettes.

— M'en remettre… Mais m'en remettre à qui ?

Je reste prostrée dans la cuisine.

— Si tu ne bois pas de lait, alors tu dois manger des yaourts.

— Le yaourt remplace le lait comme François a remplacé maîtresse Sonia quand elle était malade ?

Exactement, mon fils. Mais qui te remplacera, toi ?

Je voudrais redresser la barre, retrouver un peu de bonheur de vivre pour accueillir le bébé qui grandit dans mon ventre. Mario rêvait d'un petit frère. Et si ce devait être une petite sœur, eh bien il lui prêterait quand même ses jouets. Mais ce bébé, il va devoir mourir aussi ?

Au dix-neuvième siècle, les femmes perdaient souvent un enfant avant qu'il n'atteigne l'âge adulte. Je me dis que j'ai une sorte de vie comme on n'en fait plus, comme on ne devrait plus en faire.

Hugo me rejoint pour me raconter une anecdote. La semaine dernière, il a ramené Mario de l'école en le portant sur ses épaules. Mario jubilait et Hugo faisait le fou. Un vieux monsieur les a abordés en s'excusant. Il n'avait jamais vu un amour paternel aussi éclatant. Il n'avait pas l'habitude d'importuner les gens, mais là, il voulait juste dire qu'il était ému.

Mario a, paraît-il, écouté patiemment ces compliments. Quand son père a pris congé, il a lancé au vieil homme :

— Au revoir, bestiole !

Après un bref silence, Hugo et moi sommes secoués par un rire maladif, celui qui vous prend dans les églises, les cimetières et apparemment dans les cuisines des parents d'enfants morts.

Amputée de Mario, je ressens encore, comme les vrais mutilés, le membre manquant. Ma mémoire se charge de souvenirs de lui, telle une disquette goulue qui dévore le contenu d'un disque dur jusqu'alors illisible. Après le choc des premières semaines, je laisse le passé me revenir librement, expérimentant à chaque fois ce moment suspendu, le temps qu'il faut aux brûlures pour envoyer leur signal de douleur au cerveau.

Un matin, Mario s'est montré impressionné lorsque je lui ai confié l'avoir vu dormir les yeux ouverts. Il l'a aussitôt répété à Hugo :

— Maman m'a dit que, cette nuit, j'avais les yeux tout verts, tu vois, j'étais comme un monstre avec les yeux qui brillent.

Je me souviens aussi de sa première fête d'anniversaire mixte (deux filles sur sa liste de douze invités), des cailloux ramassés dans les rivières, des petits mensonges pour m'épargner. Un mois avant sa mort, juste après m'avoir dit qu'il trouvait ma voiture très belle, il avait chuchoté à l'oreille de son père :

— Il ne faut pas lui dire, mais sa voiture commence à être un petit peu vieille.

Il y a eu aussi l'affaire de la prison, élucidée après plusieurs semaines de regard suspicieux des autres parents d'élèves et du personnel enseignant. J'avais raconté à Mario que le père de mon père avait été fait prisonnier par les Allemands pendant la guerre, puis qu'il avait été libéré. Sautant une génération, Mario s'était fait une joie de raconter en classe que son grand-père était sorti de prison.

Depuis la rentrée, il m'arrive de rôder près de l'école maternelle. Je n'ose pas entrer mais je m'arrange pour passer à l'heure de la sortie, quand la porte s'ouvre sur la cour de récréation. Des gamins s'amusent à jeter le plus haut possible leurs cagoules et me rappellent que, chaque jour, Mario perdait un truc nouveau : gant, écharpe, bonnet, doudou. Ça m'énervait. J'étais cinglée. J'aurais dû me régaler de ces petits tours d'enfant, de ces moments volés. Je pensais que Mario me fatiguait mais je ne connaissais rien de la fatigue.

Maintenant que j'ai compris, rendez-moi Mario.

Petit déménagement

Je ne peux pas avancer et me demander ensuite où je suis. Je progresse de point d'équilibre en point d'équilibre. Je m'assure à chaque stade.

Les marches que je rate sont de plus en plus basses.

La fatigue ne me vient plus comme un appel au sommeil. Elle se signale par un malaise, une souffrance… que je fuis par le sommeil.

Elle ne suit pas davantage un ordre chronologique. Elle peut culminer le matin et disparaître le soir. C'est une fatigue nerveuse, fatiguée elle-même. J'ai remarqué que si on ne dit pas au corps qu'il se repose quand il se repose, il ne se repose pas. Le corps au repos ignore qu'il se repose.

Hugo est devenu un être à part. Nous ne vivons pas la même chose, mais plutôt un cauchemar asymétrique. Nous partageons une prison identique seulement nos cellules sont séparées.

Il alterne les phases où il travaille beaucoup et celles où il boit beaucoup. Un beau jour, elles finissent par se confondre. Je ne le reconnais plus. Il devient agressif. Une remarque déplacée, dix remarques déplacées, et c'est un vrai petit déménagement qui s'opère sous mes yeux.

Je voudrais conserver un lien charnel mais son ardeur au lit est devenue friable, démontable. Je le comprends. Je m'en veux moi-même d'éprouver encore du désir. C'est indécent, c'est la vie qui veut continuer.

Je suis retournée à la librairie. J'espérais le soutien des livres. J'ai reçu le soutien des gens. La presse locale avait relaté l'accident. Des parents m'ont aidée : certains en parlant, d'autres en se taisant (un silence amical, bienveillant).

Mon sentiment de culpabilité n'a pas disparu. Il continue à s'activer, comme une roue crénelée, dans mes boyaux, dans mes pensées. Je le laisse tranquille, je l'héberge et même je le nourris. C'est la seule chose tangible dans mon univers mou et flottant. C'est ma seule certitude.

La télé n'a rien à me dire. Ses émissions photographient la souffrance, essaient d'en faire de beaux tirages mais ne m'apprennent rien sur moi-même.

La télé manque de tact et de pas mal d'autres choses. Elle rend tout anecdotique, la vie comme la mort. Elle est impossible. Elle ne m'aide pas à comprendre.

Je le voudrais pourtant… Les auteurs des attentats suicides dont on nous montre les ravages s'exonèrent eux-mêmes en pensant probablement : « Je paie de ma vie, alors je ne dois plus rien à personne. » Le responsable d'un accident de la route mortel doit se dire dans la même veine : « J'ai abîmé ma voiture alors qu'on me laisse tranquille. » Mais sérieusement, est-ce possible ? Est-ce réel ?

Je suis cette tête sous le scotch, sur la photo où je porte Mario (la photo accrochée à la porte du réfrigérateur). Je suis ce visage terni par la peau du scotch. Mario court vers moi sur le quai d'une gare. Il revient d'un week-end passé avec Férocina. Hugo n'aime pas que j'appelle sa mère comme ça, mais ce n'est pas l'important : dès qu'il se sait reconnu, le visage de Mario s'incline comme sous une gifle de bonheur. On se serre ensuite, joue contre joue, et pas un mot ne sort de nos deux bouches pendant de longues minutes. Hugo prend la photo.

Je pense à Mario tout le temps, à ses formes en mouvement. Pourtant il m'est impossible de recomposer précisément, télévisuellement, ses traits. Je sais pourquoi : Mario était fait pour rester vivant.

— Josette m'a dit…

— C'est qui, Josette ?

— La dame de la cantine… Josette m'a dit : « Arrête, petit ! »

— Pourquoi t'a-t-elle dit ça ?

— Parce qu'elle trouve que je suis petit.

Pour fuir l'afflux de souvenirs, j'ai essayé d'écrire un roman. Puis un recueil de nouvelles. Puis des poèmes, pas plus longs que des haïkus. Puis une retranscription de dialogues par e-mails. Demain, ce sera quoi ? Des échanges d'onomatopées ? Des chapitres-mots ? Des listes ? Des comptes ?

Je couche des notes sur un carnet, comme si une autre que moi allait les lire (l'Adelita du jour suivant). Je m'isole. Je regarde de moins en moins le petit écran. Les cataplasmes de télé, les bandes son pour envelopper les plaies n'apaisent pas ma souffrance. Au mieux ils l'anesthésient, mais le réveil est tellement douloureux que l'évasion n'en valait pas la peine.

Je ne me fais pas d'illusions. Quand la télé cesse de me faire du mal, c'est qu'elle s'est mise à en faire à quelqu'un d'autre.

L'écran entre nous

La veille d'un championnat mondial, un sportif confie : « J'ai du mal à me qualifier. » C'est aussi ce que je pense de la télé : j'ai beaucoup de mal à la qualifier. Elle est si déroutante… On n'est jamais sûr, avec elle, d'avoir vu ce qu'on a vu. Elle semble réciter une leçon copiée sur un mauvais élève qui aurait lui-même triché.

« Regardez-moi émettre », dit-elle en lâchant son message polluant.

La télé fait sa propre publicité. A-t-on déjà vu un produit de consommation faire sa pub ? Elle se vante, elle se confie, elle n'en finit pas de publier son autobiographie.

On dirait un organisme vivant. Mais c'est un truquage. Ce n'est pas parce qu'elle montre une quantité d'êtres humains que la télé en est la somme. Au mieux, elle en est la soustraction. Au pire, la division.

Elle nous dresse les uns contre les autres dans des émissions douteuses : pour ou contre l'hiver, pour ou contre les malformations à la naissance. Elle veut imposer le silence autour d'elle. On l'écoute, on dit aux enfants : « Ne discutez pas devant la télé. » Mais ils ne peuvent le faire ni derrière, ni dedans…

Qui la télé nous permet-elle d'être ? Quelle idée se fait-elle de nous ? Personnellement, je ne sais pas ce que j'ai dit ou fait qui l'autorise à me parler sur ce ton. J'aimerais mettre un terme à notre relation. Je voudrais prendre mes distances. Fuir dans le passé.

— Maman, tu as combien de jambes ?

— Deux, mon grand.

— Et combien d'oreilles ?

— Deux.

— Tu as combien de narines ?

— Deux aussi.

— Mais tu as tout en double !

Un souvenir qui m'effleure devrait me procurer une sensation agréable, comme une caresse. Au lieu de ça, il m'électrise et me brûle comme une méduse. Ma mémoire hachée, saignante, devient au fil des jours une mémoire tuméfiée, cicatricielle. Plus présentable mais aussi douloureuse.

Le front des combats s'est déplacé. Nous testons avec Hugo le jeu infini des tortures domestiques : bouderies, tracasseries, harcèlement, retards, absences. La nuit, nous regardons avidement la télé sans nous parler, comme si l'écran permettait de lire ce que le regard de l'autre réfléchit. Nous interprétons les programmes comme un message du conjoint. Naturellement ils ne le sont pas, ils ne peuvent pas l'être, mais leur choix, si, bien sûr que si. Nous partons nous coucher trahis après un aveu d'adultère, démoralisés après un débat sur les rapports parents-enfants, incrédules après un film comique.

Ce soir, dans une ambiance de cérémonie sacrificielle, un éphèbe épilé a le pouvoir, suprême et farfelu, de désigner celle qui deviendra sa femme. Les rares moments vécus par le couple sont interrompus par des commentaires sur ce que les intéressés ressentent : du vide incrusté dans le rien.

Il y a des émissions que je n'aimerais pas voir avec mes parents ou mes grands-parents. Pourquoi ? Je ne suis pas responsable de ce que la télé est devenue, de ce qu'elle ne cesse de devenir. Mais je présume que je suis responsable de ce que je regarde. Pourtant j'ai des excuses. J'en ai des tonnes (j'ai besoin de tonnes d'excuses pour regarder ce que je regarde).

Je pourrais lire. J'ai même un écrivain préféré... mais je ne le supporte plus. On dirait qu'il mène une existence parallèle à la mienne, sauf qu'il va plus vite. Et voici sur quoi je pourrais tomber si je n'y prenais pas garde :

Une voiture passa dans la rue. Pourquoi ? Oui, pourquoi des voitures ? C'est cela, le devoir de l'artiste : être harcelé par les causes premières au point de sombrer dans la folie ou d'en rester paralysé de stupeur.

Il l'a écrit dans *L'Information.* Il n'était pas obligé de l'écrire. Mais il est comme ça, Martin Amis, imprévisible. Donc c'est décidé, je ne veux plus avoir affaire à lui.

Ouvrez n'importe quel livre à n'importe quelle page : "*Il hocha la tête, perplexe*", "*Essaie de dormir un peu, lui souffla-t-elle*", "*Je n'en sais rien, vous avez peut-être raison*", "*Elle raccrocha et prit une cigarette*". N'est-ce pas plus reposant ? Ne voyez-vous pas que vous n'avez rien à craindre ?

La plupart des livres sont inoffensifs. Des livres pleins de *séance tenante,* avec des gens qui *font montre de* et *disent dans un soupir.* Ouvrez-les, ils ne vous feront aucun mal. Ils ne vous feront même aucun effet.

Test de paternité

À qui appartiennent les blagues ? Existe-t-il un dépôt légal de blagues ? Si j'en raconte une, quelqu'un peut-il en revendiquer la paternité ? Je pose la question pour quelqu'un d'autre, car je ne connais aucune histoire drôle.

Avec ses jambes dodues de gamin de quatre ans, Mario déboule dans le salon, indigné :

— Tu as jeté les crêpes qui restaient ? Mais tu sais pas que c'est très dangereux de jeter des crêpes ?

Mario cesse d'avoir cinq ans. Il se met à choisir n'importe quel âge. Il m'apparaît nourrisson, bébé dans son trotteur, petit garçon le premier jour d'école. Juste une précision : il n'a jamais plus de cinq ans.

— Viens t'asseoir, mon grand. J'ai fait des pâtes.

— Quel genre de pâtes ?

— Ça commence par « spa » et ça finit par « ghettis ».

— Allez, dis-le moi…

Je raconte des anecdotes, des bribes de souvenirs de mon fils. Mais je n'ai encore rien dit du génie de sa voix, du génie de son enfance… du génie de son existence. Six ans plus tôt, ma vie avait été une condition de sa vie. Une condition nécessaire mais pas suffisante. Avec le temps, les rôles s'étaient inversés : la vie de Mario était devenue une condition de la mienne. Mon tout petit garçon, mon minimum vital… Cependant je l'ignorais ou je feignais de l'ignorer.

Dans une histoire officielle, ce n'est pas ainsi qu'il faut présenter les choses. En principe, on ne fait pas dépendre sa vie de celle de ses enfants. Mais les principes sont toujours d'un autre âge. Jamais du mien.

Ma confusion est contagieuse. Elle gagne la télévision. Pour preuve, la soirée d'hier. D'après la bande-annonce, l'émission de reportages devait s'ouvrir sur l'histoire d'une femme, assassin de son mari. Mais il a commencé par une femme chef d'entreprise dont j'ai guetté le crime pendant vingt minutes, avant de découvrir, avec le deuxième sujet, que les reportages avaient été inversés. Si je croise la responsable d'entreprise dans deux ou trois ans, je serai persuadée qu'elle a tué son mari.

Des fois aussi – est-ce que je rêve ? – les conseillers bancaires envoyés par la télé pour solliciter notre confiance, dans d'impeccables publicités à l'ambiance ambrée (l'ambiance des bureaux bien cirés), ressemblent trait pour trait aux nouveaux héros chantants d'émissions de fin de soirée. En fait ce sont eux, six mois auparavant. Rien n'est grave. Tout est catastrophique.

Anxiogène comme une salle d'attente, notre appartement – domicile pour les impôts, lieu de vie pour les sociologues – est vidé de sa poésie. Hugo se comporte avec moi comme s'il aimait très fort quelqu'un d'autre. Notre couple est devenu une bizarrerie alternative, une sorte de caverne balayée par une lumière stroboscopique. C'est le train fantôme de la foire, avec les mauvaises surprises qui nous sautent au visage à chaque tournant, les mygales, les sorcières, les seaux d'eau.

Des fois, je sens qu'il est temps pour moi de rendre l'antenne, de clore l'histoire mais je ne trouve pas de morale. Rien d'apaisant, rien de réconfortant, ou alors un réconfort inversé qui s'appelle détresse, panique, supplice. En tout cas, rien qui ressemble aux épilogues édifiants chers aux producteurs de téléfilms américains :

Robert H. purge actuellement sa peine au pénitencier de San Anselmo. Il ne s'est pas pourvu en appel. Sa femme Meg a obtenu trois millions de dollars de dommages et intérêts. Elle se rend tous les 7 juillet sur la tombe de leur fille Ruth qui fêterait aujourd'hui ses 15 ans. Frank a divorcé. Il attend Meg.

L'Amérique, devant sa télé, se dit : bien fait pour

Robert, justice est rendue, qu'est-ce que je ferais, moi, avec trois millions ? Meg a de la chance, mais bien sûr elle a perdu sa fille… Sans blague, cette Meg a quand même une sacrée chance. Trois millions !

Enchaînés

Les chaînes diffusent des publicités pour leurs émissions prévues dans une semaine, dans un jour, dans dix minutes. Pour être logiques et nous permettre de nous réinsérer en douceur, elles devraient ensuite diffuser en écho la même publicité, après l'émission : c'était il y a dix minutes, un jour, une semaine. Il nous faudrait au moins ce soutien, à défaut d'une cellule psychologique, après ce qu'elles ont osé nous montrer.

Il faudrait décélérer dans l'émotion, descendre de la montagne après l'avoir grimpée. Mais la télé ne propose aucun accompagnement thérapeutique au lendemain de ses coups d'éclat.

Seul Mario croyait au rôle éducatif de la télévision. Comme un dessin animé montrait un chat attrapant un poisson rouge, j'avais plaisanté en éloignant le bocal de Mao :

— Il ne faut pas que ton poisson voie ça !

— Si, parce qu'il doit savoir que les chats mangent les poissons rouges.

En France, on aime : démentir les statistiques, travailler au noir, gruger le fisc et critiquer la télé. La pauvre… Contre mes assauts répétés, elle voudrait se protéger avec des ceintures de chasteté, des systèmes de verrouillage des chaînes. Pas question. Je la veux libre et disponible à tout moment.

Je la veux toute à moi parce que je n'ai plus qu'elle. Hier soir, je me suis disputée avec Hugo. Il était rentré tard, définitivement soûl. Il avait allumé chaque pièce pour se guider dans la nuit, sa nuit toute personnelle dans laquelle je ne tentais plus de m'immiscer.

Au petit matin, il m'a embrassé les lèvres sans véritablement chercher une zone de contact. Entre son arrivée tonitruante de la veille et son vague baiser : les mêmes proportions qu'entre un grand article accusateur et un entrefilet rectificatif, un *erratum* caché. Le mal était fait.

— Je voudrais partir, ai-je annoncé.

J'étais comme rongée par les termites, une apparence normale et l'intérieur prêt à s'effondrer.

— Tu adores ton appartement.

— C'est le tien aussi… En fait, j'adorerais mon appartement si j'en avais un autre.

— Si *tu* en avais un autre… ?

— Je ne peux plus vivre au milieu des jouets de Mario. Et tu ne penses pas qu'un éloignement provisoire nous ferait du bien ?

Hugo a observé le petit silence de rigueur.

— Tu ne dis rien…

— J'ai le sentiment que nous deux, c'était simplement pour Mario. C'est l'impression que tu donnes si tu pars maintenant.

C'était sa phrase la plus longue depuis un bon mois. Il l'avait prononcée de la manière hésitante dont on raconte un rêve.

— Ce n'est pas ça.

J'étais en fibrillation. Ma vie pouvait basculer une nouvelle fois, comme une voiture se lançant dans son deuxième tonneau.

— Je sais. Moi, je bois. Toi, tu es parfaite. Tu veux tout réussir… même la mort de ton enfant.

Hugo s'est agité avec ces petits mouvements raides des bras qu'ont les nourrissons furieux. J'ai eu un réflexe nauséeux, comme si j'avais avalé du café refroidi.

Avec Mario, la vie était belle. Il me confiait ses secrets : « Les fleurs ont des yeux, mais elles sont cachées par leurs oreilles. » Il m'enlaçait en murmurant « Tu es ma préférée maman. » Il me disait, du haut de ses cinq ans : « Je sais que tu n'aimes pas me gronder, alors arrête. »

Défigurée

— Arrête !

— J'ai besoin de toi.

C'était une sorte de bonne nouvelle.

— Tu as besoin de l'alcool, ai-je résisté.

Nous voulions tenir bon, moi et ma conscience écartelée telle une peau de bête.

— Tu es si dure… Je ne te reconnais plus.

Je me suis sentie défigurée comme on peut l'être dans le souvenir d'un ennemi. Pourtant je n'ai rien dit. Rien de ses désirs transhumants, rien de ses absences. C'était peine perdue. La peine était toujours perdue.

J'avais cessé de compter pour Hugo. Entre nous subsistait juste l'électricité résiduelle, celle qui continue à circuler quand on a éteint mais pas débranché les appareils.

Si un voleur vous dépouille, il risque la prison. Si un patron se lasse de vos services, il vous verse des indemnités (en principe). Si quelqu'un ne vous aime plus, il ne vous doit strictement rien. Du coup beaucoup de gens se lancent dans l'amour alors qu'ils ne sont pas faits pour ça. C'est ce que je pense à certains moments, ce que je pense aussi à d'autres.

— Peut-être que tu ne me connaissais pas… Finalement, je parlais plus souvent avec Mario qu'avec toi.

Mario, j'ai des courbatures quand tu n'es pas là. Mon petit bonhomme gentil, le chagrin m'étouffe. J'ai un nœud coulant autour de la gorge et les larmes le resserrent en séchant. Tu m'avais dit un jour « Maman, je m'aime à toi. » Je pourrais te dire la même chose. En t'aimant, je m'aimais et j'existais.

J'avais prévenu que ça viendrait et c'est venu : le moment de penser au chauffard. J'ai une sorte de questionnaire à lui soumettre, sur la qualité de son sommeil, sur l'avenir qu'il envisage pour ses enfants et aussi sur ses performances au volant.

Je ne suis pas certaine de pouvoir compter sur sa collaboration. J'attends le procès avec une patience qui n'a rien de spontané ou de naturel, une patience conseillée par Hugo, approuvée par mes parents et imposée par le système judiciaire.

J'attends le procès avec impatience.

Je cherche une solution de repli dans les rediffusions des séries de mon enfance. Ce sont toujours les mêmes blagues américaines : « Je ne peux pas rire parce que j'ai les lèvres gercées » ou « Voici une femme qui soutient bien ce qu'elle avance. » Tout ce maïs transformé en pop-corn, tout ce sur quoi la raison n'a pas prise…

La télé-réalité, c'est comme les vaccins : il suffit qu'un pourcentage de la population s'y mette pour que tous en bénéficient. Mais la réalité, c'est vraiment ce qu'on nous montre ? J'ai dû vieillir récemment car l'illusion ne fonctionne plus.

J'habite à présent chez une amie. Le monde extérieur n'est pas assez consistant pour que je m'y frotte, que je recherche mon propre appartement. Et puis, avec une nouvelle adresse, la séparation deviendrait officielle. Je ne sais pas si je le veux vraiment, si Hugo le veut lui aussi. J'attends d'y voir plus clair. Quand le chauffard aura été jugé. Quand le petit sera né.

C'est un garçon. Pour les garçons, le verdict de l'échographie ne fait aucun doute. En revanche, pour les filles, on n'est jamais sûr. Ça commence bien pour elles, ne me dites pas que c'est un hasard.

La première échographie ne m'a pas fait pleurer, pas comme on l'entend. Impression de remettre mes pas dans des empreintes encore chaudes. Le bébé est en bonne santé mais ça ne veut strictement rien dire, si on ne me le confirme pas l'heure suivante, le jour suivant, jusqu'à la fin de ma vie. Un enfant en bonne santé peut mourir à tout moment.

La joie d'attendre un bébé n'est pas modérée, entachée par la peur de le perdre. Elle est totalement gâchée, recouverte, ensevelie, piétinée, saccagée par la terreur de le perdre.

Avec un peu de chance, le nouveau-né sera un jour plus âgé que son grand frère. Sa vie lui paraîtra surnaturelle, sans cette hiérarchie chronologique. Je me demande si le chauffard y a pensé. Je me demande s'il lui arrive de penser. S'il a compris que, désormais, nous faisions partie de sa vie comme il faisait partie de la nôtre.

De mes angoisses, je n'ai rien dit à mes proches, ça ne les concerne pas. Ça concerne : mon manque de sommeil, d'appétit et de confiance (en moi mais pas seulement).

L'annonce faite à Mario

Je me demande ce que devient Hugo. Je me demande où va notre histoire. Cette manière que nous avons de nous aimer, nous ne l'avons pas en fait. Nous ne possédons rien sur Terre. Ni nos enfants, ni nos amours.

Pourtant, chaque soir, je me couche en murmurant « je t'aime ». Je ne sais pas à qui je m'adresse mais il faut que je le dise. Mon amie Lucie me conseille d'écrire une petite annonce, si je veux relever la tête et ne pas finir seule. Un peu prématuré, non ? Un peu stupide aussi, non ?

Si elle veut une annonce, je vais lui en concocter une : *Fe. seule rech., pour partager menus plaisirs quot. et si poss. vie à 2, enfant d'exactement 5 ans à adopter, pas sérieux s'abstenir.* Culotté, non ? De mauvais goût, pas vrai ? Vexée, Lucie ne m'a plus dit un mot pendant vingt-quatre heures. Il ne faut pas m'en vouloir : je pense et dis n'importe quoi.

Mes journées ? On dirait que je m'enregistre la nuit et que je me diffuse la cassette le matin. Je ne suis donc libre que l'après-midi, et j'en profite pour dormir. Même à la librairie, j'ai l'impression de dormir. D'ailleurs, il n'y a pas de travail (seulement des conditions de travail et elles sont mauvaises : je suis entourée de livres remplis d'idées noires).

Mario me suce les genoux. Je lui chatouille les mollets. Il rigole comme un bossu, je l'affuble d'une barbe de mousse. Mario se débat. Il me met un doigt dans l'œil et je me renfrogne. Il pleure : « Et maintenant, j'ai une maman qui ne dit plus rien ! » C'est un très vieux bain, un bain comme on n'en fait plus. L'eau est froide et la mousse fondue.

« Tu devrais parler à quelqu'un », me répète Lucie avec une tête de cotisante qui n'y trouve pas son compte. Elle héberge une amie, elle est en droit d'espérer un dialogue amical. Mais se confier, c'est donner les rouages démontés de notre pendule à un horloger qui va partir déjeuner (puis en vacances, puis à la retraite) en oubliant complètement de rassembler les pièces détachées, en se moquant éperdument de voir le mécanisme réparé (il paraît que c'est fini, les artisans qui ont le goût du travail bien fait).

Des fois, c'est tentant. Lucie déploie sa toile avec une musique douce, une lumière tendre et son canapé moelleux. Elle se peint les ongles. Le parfum alcoolisé de son vernis plane sur la calme odeur de ses pieds. Elle pose alors de toutes petites questions en arrondi, spirale qui s'enroule et cerne le cœur du problème. Quand on y est, je me recroqueville et c'est fini.

Lucie me gâte, mais sa sollicitude doit être toujours plus grande pour que j'accepte, magnanime, de rester chez elle. Je suis comme ces écrivains qui s'habituent progressivement à être publiés, puis trouvent normal d'être étudiés dans les universités et ne sont même plus surpris quand une grande maison d'édition leur commande à prix d'or une autobiographie en exclusivité.

J'abuse de son hospitalité. Je ne suis pas gentille (on n'a plus envie d'être gentil quand on souffre autant ; on a vu ce que ça donnait, la gentillesse). Pour preuve : au début, j'ai tant et tant déblatéré sur Hugo qu'à la fin, j'avais créé un monstre. À présent, je n'ai plus de monstre à fabriquer et mon cerveau tourne en rond.

Je suis une forme anachronique de vie et d'amour (née quand l'amour était déjà mort), une forme aiguë (comme une maladie ou une crise).

J'ai tout de même recouvré l'appétit mais un drôle d'appétit, informe, intermittent. La nuit, je me relève toutes les demi-heures pour grignoter. Au petit matin, je finis toujours par vomir. Je ne pense pourtant pas avoir envie de manger ou de vomir. Ce dont j'ai envie, c'est de me changer les idées.

Je ne suis plus qu'une infime partie de ce que je

pourrais être (et je continue à rétrécir). Je ne suis qu'une empreinte (l'empreinte auditive des rires et des pleurs de mon fils). Mario chuchote dans un demi-sommeil, le matelas trempé : « Oh, j'ai fait pipi sur mon vélo. » Mario s'inquiète : « J'étais où quand j'étais pas encore aimé ? » Mario regarde ses « dessins allumés » à la télé. Mario ne veut pas comprendre que j'ai quitté la maison. Que nos rencontres, il va falloir les espacer.

Je croyais avoir vécu le pire à l'hôpital et au cimetière. Mais les pires catastrophes sont posthumes. Les pires catastrophes sont toujours à venir.

Parfois, c'est moi qui exagère. Lucie rentre tout excitée (son nouveau patron prenait son poste aujourd'hui).

— C'est dingue, je ne te raconte pas.

— Non, ne me raconte pas.

Je tourne les talons avant d'entendre ces petits bruits qui me font revenir sur mes pas. Pardon, Lucie, pardon. Je suis horrible. La douleur me rend laide. Je ne te mérite pas. Tu es ma meilleure amie, je n'oublierai jamais, ne pleure pas. C'est fini, je vais aller mieux et ce sera grâce à toi. Pardonne-moi.

Trois fois sans frais

Je ne le savais pas, mais la perte d'un enfant génère une sorte de sénilité : désinhibé, on devient méchant. Pourtant l'entourage reste prévenant parce qu'on a des excuses.

De la vieillesse, je me rappelle ce que disait mon professeur préféré, en première année d'université : « Le métier d'enseignant est bien injuste. Je vieillis chaque année alors que vous avez toujours le même âge. » C'est comme moi. Je vais continuer à vieillir (mais pas Mario).

Mon corps devient inhabitable. On dirait qu'il veut me chasser. Ses exigences me dépassent. Dès qu'un besoin est assouvi (dormir), un autre surgit (manger) pendant qu'un autre couve (boire). Il faut se gratter, se lever, se doucher, s'habiller, se coiffer, se moucher, se mettre des pansements… Je voudrais tout faire une fois pour toutes. J'aimerais payer un forfait à l'année mais tout ce qu'on me propose, c'est l'étalement de paiement : trois fois sans frais, trois repas par jour.

Le corps est une corvée infinie. Vous souvenez-vous de ces déclinaisons grecques dont on disait qu'il fallait les apprendre puis les oublier sept fois avant de les retenir définitivement ? Le corps, c'est des milliers de fois qu'il faut y revenir. Le corps, c'est un titan à côté des déclinaisons grecques.

J'ai lu que le taux de suicide dans les prisons françaises était non seulement le plus élevé d'Europe, mais qu'il progressait. Comment voulez-vous que les détenus tiennent le coup, enfermés avec leur corps entre quatre petits murs ? Comment espérez-vous qu'ils s'en sortent, de cet enfer physique ? Heureusement qu'ils ont la télé pour un peu s'évader.

Sous un film s'affiche une pastille blanche avec un chiffre.

— Maman, regarde, la météo dit qu'il fait - 12 ! s'émerveille Mario.

— Mais non, file au lit. Demain, on se lève à cinq heures pour chercher mamie.

— Réveiller un petit garçon de 5 ans à 5 heures du matin…

— Et réveiller un petit de 3 ans à 3 heures du matin ?

— Ce serait pire !

Cette nuit, j'ai voulu mourir. Mais comme je n'ai rien fait pour en finir, je suis restée intacte.

— Carla m'a fait un septième bisou.

— Et toi, tu ne lui en fais jamais ?

— Si. Je lui ferai un bisou… un jour.

— Un jour ?

— Non, pas un jour. Plein de jours, et même jusqu'au dernier chiffre.

Voilà. Je suis assez en forme pour accueillir tous les souvenirs qui affluent dans l'entonnoir de mon cerveau. Et chaque jour à venir, j'aurai la chance de revisiter quelques morceaux choisis de ma vie d'avant. *Chaque jour il y a un petit danger qui me guette, un danger exactement de ta taille,* dit Clint Eastwood à la petite femme qu'il aime dans *Play Misty for me.*

Je n'en peux plus. C'est intenable. Je ne vois pas d'espoir d'amélioration. Je n'avais jamais connu cette sensation auparavant. Rien de définitif ne m'avait enfermée, liée ou contrainte. Je n'avais rien subi. J'avais pris les chemins de mon choix, je m'y étais engagée avec élan, désir, instinct vital. Puis il s'est produit cet événement irréversible et je n'ai rien pu négocier, rien pu réparer. Je me suis retrouvée impuissante (privée de toutes, absolument toutes les puissances, pas comme les hommes quand ils se disent impuissants).

Un million d'hectares de forêt indonésienne a brûlé. Ah bon, il en existait plus d'un million ? À la télé, apprendre la disparition d'une chose, c'est souvent apprendre son existence antérieure. Avec Mario, c'est pareil : je découvre aujourd'hui qu'il était ma vie.

Désormais, je dois marcher dans le noir. Tout s'est éteint, autour de moi et en moi.

L'avenir me panique. Il va me falloir réapprendre à compter, dans un système décimal macabre : premier Noël sans Mario, deuxième anniversaire du décès de Mario, Mario entrerait en sixième... Je n'en ai pas la force.

Quelle tête ai-je faite quand on m'a annoncé qu'il était mort ? Me l'a-t-on seulement annoncé ? Non, je l'ai su. Je ne peux même pas voir ma douleur avec les yeux des autres, ma douleur a toujours été au-dedans.

Je souffre avec une facilité incroyable. Pourtant, je n'ai aucun entraînement au chagrin. Quoi ? Le décès d'une tante, la maladie grave d'un ami, si, bien sûr. Des événements qui déchirent le cœur. Mais cette mort intime (comme des bouts de moi qui auraient grillé, fondu ou disparu), je n'en soupçonnais pas la violence.

La vie me fuit. La vie se déplace. Elle passe du côté de la télé. Je vois l'écran, mais où est la caméra de surveillancc ?

Répétition

J'ai affirmé que le chauffard faisait partie de ma vie. J'exagère, je suis injuste : immédiatement après l'accident, je me fichais pas mal de lui. Peut-être a-t-il pleuré ou appelé les secours… Peut-être même s'est-il retourné sur sa victime, bourrelé de remords, avant de prendre la fuite.

Et quand il s'est livré, à la fin du jour, était-ce mû par le sens du devoir ? Par crainte qu'on ait relevé son numéro d'immatriculation ? Parce qu'il savait que l'alcootest ne donnerait plus rien ? Son cas m'intéressait modérément jusqu'à ce que j'apprenne par Hugo la date du procès.

A commencé alors une marche incohérente, désordonnée et maladroite vers le jour fatidique. Comme des corps qui se cognent en dansant dans les soirées techno, mes idées se bousculaient et essayaient de rester dans le rythme. Plusieurs thèses s'affrontaient : la recherche de la vérité, la vengeance, le pardon. Aucune ne tenait la route. Ceux qui tenaient la route :

les chauffards comme le mien. On a ses êtres chers, ses disparus. Apprenez à vivre avec votre chauffard, votre délinquant routier.

Le mien s'appelle Tourelle, Max Tourelle. Mais son nom est un trompe-l'œil. Un pseudonyme, une couverture. Son vrai nom, il ne le dira jamais. Aucune importance, je le connais. Depuis le 26 juin, je sais qui il est.

Sa femme m'avait appelée, peu de temps après l'accident. Elle prétendait que son mari était effondré. Que la honte et le désespoir l'empêchaient de m'expliquer à quel point il était désolé.

— Un peu comme le jour où il s'est enfui, en fait ? avais-je observé.

Ce n'était pas grave. Cet homme n'existait pas pour moi. Je m'intéressais aux vies en moins, pas aux vies en plus, pas aux nouvelles rencontres (contrairement à Hugo qui s'intéressait tout spécialement à cette vie *en trop*).

Cet homme ne m'a pas laissé dire au revoir à mon fils. Il me l'a enlevé comme une chose, comme un rétroviseur.

Ce qui me retient de le supprimer de ma mémoire vive, c'est la perspective du procès bien sûr. Mais c'est aussi l'idée poignante, malfaisante, stressante de ma propre vulnérabilité au volant. Suis-je infaillible à cent pour cent ? Suis-je le chauffard en puissance d'une autre famille ? Le procès ne me libérera pas de ces angoisses.

Un reportage évoque une thèse *mise à mal* par la défense, et la présentatrice du journal télévisé enchaîne sur un arrêté ministériel qui *met à mal* une directive européenne. Voilà une expression peu courante utilisée deux fois en une minute. La télé se moque des répétitions.

La télé s'exprime parfois mieux que nous, parfois moins bien. C'est déroutant. Ce qui est certain, c'est qu'elle ne parle jamais de sa vraie voix. Et pour cause : sa voix lui a été enlevée. La télé est depuis longtemps trachéotomisée.

Elle répète et rediffuse. Les rediffusions nous informent de nos progrès : une série – dont le montage nerveux, les mouvements de caméra vertigineux, les personnages hystériques et l'intrigue cruelle semblaient insupportables trois ans plus tôt – est aujourd'hui surpassée dans le rythme et la férocité par une dizaine de séries dérivées, et c'est à elles que nous essayons de nous habituer. Pourquoi nous ? Pourquoi nous avoir pris pour cibles ? Pourquoi nous avoir choisis comme public expérimental ?

Le livre le pire est moins humiliant, nous prend moins pour des débiles que la meilleure émission télévisée (vous savez, celle qui fait des pics d'audience). Et puis c'est toujours un bonheur de rencontrer d'autres lecteurs, tandis que je ne cherche pas spécialement à me joindre à d'autres téléspectateurs. J'ai même vécu une expérience formidable à la librairie : un client inconnu m'a réconcilié avec Martin Amis.

Il m'a dit :

— Lire ses bouquins, quand on écrit soi-même, c'est comme aller voler les corrigés dans le bureau du prof : même évidence de la solution, même amertume de ne pas l'avoir trouvé seul.

Je le comprenais et je l'ai retenu le plus possible. Quand il est parti, il a emporté *Mémoires sauvés du vent* de Brautigan et *Demande à la poussière* de Fante. J'aurais aimé faire découvrir ces livres à Mario, plus tard…

Plus tard… Si j'avais su que je ne disposais que de cinq ans, j'aurais mieux répondu à ses questions, j'aurais ciselé mes phrases, j'aurais fait d'elles un condensé d'humanité. Au lieu de répondre : attends que j'aie fini dans la cuisine, c'est l'heure d'aller au lit, on verra ça demain.

Efficace, même fenêtre ouverte

La télé m'irrite. La télé m'exaspère. Les rythmes fantaisistes, étonnants, incompréhensibles (les arythmies en fait) des commentaires journalistiques – pauses au milieu d'une phrase, salive avalée après le sujet – sont la signature des informations télévisées. Ils se laissent facilement imiter, et même caricaturer. Pourquoi la télévision se laisse-t-elle imiter ?

Elle me vexe, elle m'humilie, comme un parent dont j'aimerais être fière mais qui me déçoit publiquement. Elle encombre ma mémoire de choses tellement inutiles. Des fois, je me rends compte que je me rappelle un téléfilm vu sept ans plus tôt (sa fin, ses moyens). D'autres fois, je confonds mes souvenirs personnels avec des anecdotes télévisées. « Prévoyez des problèmes », nous répète Bison futé que nous ne voulons pas croire, que nous ne croyons jamais.

La télé met à la mode des formules (« intermittents du spectacle » : douze mille fois en une semaine), des régions du monde (« Tchétchénie » : milliers de morts), des gens (« émissaire de l'ONU » liquidé – une autre version existe avec un préfet –, « agriculteur sinistré, salarié licencié ») et elle se comporte comme si nous les avions toujours connus, comme s'ils allaient compter pour nous désormais. Sauf qu'elle oublie très vite de nous donner de leurs nouvelles et que d'autres anonymes arrivent, qui chassent les précédents.

Pour devenir une vedette, il faut être une victime. La télé nous montre des innocents qui souffrent, car c'est à eux que nous pouvons nous identifier. Alors comment regarder, en toute conscience, le journal télévisé sans pleurer ?

La télé est aguicheuse mais elle devrait cesser ses simagrées. Ses attouchements, ses approches pornographiques. D'un autre côté, ce qui est appréciable dans une société de consommation, c'est que la télé est toujours disponible, le jour comme la nuit. Et qu'elle est efficace, même fenêtre ouverte.

Parfois, lire les programmes de télé m'aide à sélectionner l'émission la plus nulle. On dirait que je le fais exprès.

Quel président de la République a dit : « La détention, c'est la privation de liberté. Rien d'autre. » ? On pourrait en dire autant de la télévision… et de la survie après la disparition d'un enfant (qui est une prison dont on ne sort plus jamais).

— Mario, tu me manques.

— Je te manque aussi.

Tu as raison : tu me manques doublement, petit cœur. « Pourquoi les mamans aiment les cœurs ? » m'avais-tu demandé un jour. Je n'en savais rien. Je t'avais menti à moitié : « Parce que dedans, il y a la vie. » Je ne t'avais pas encore parlé de la mort, des cœurs qui cessent de battre. Je ne te croyais pas prêt.

Comment meurt-on quand on n'a aucune idée de la mort ? Quand on n'en a jamais parlé avec ses parents ? Ces questions ne seront pas abordées lors du procès. Il semblerait qu'elles n'aient rien à voir avec le prévenu.

La salle d'audience n'est pas lambrissée. Elle ne baigne pas dans une lumière mordorée. Nous ne sommes pas dans un feuilleton américain.

Je me suis habillée comme un homme, autant que mon ventre le permettait. C'est ma manière de porter le deuil, de montrer qu'on a voulu m'enlever ma fonction de mère.

Hugo tenait à ce que je répète avec lui mon témoignage, pour ne laisser aucune chance à Tourelle. Je n'en ai pas eu le courage. Et maintenant que je vais devoir parler, tout se brouille.

Mario s'est blessé en se cognant avec sa flûte contre un mur, il a deux gros poinçons rouges au fond de la gorge. Mario met ses chaussures sans se tromper de côté. Mario me vouvoie quand il joue au docteur. Mario trouve que les fourmis sont plus grandes vues de près. Mario dessine des natures mortes avec des citrons verts. Mario ne comprend pas pourquoi le vent fait pleurer ses yeux alors qu'il a envie de rire. Mario n'a que cinq ans.

La salle d'audience est pleine d'inconnus, de curieux qui attendent quoi ? Des plaisirs cruciformes, des malformations familiales. Je cherche le prévenu et tout à coup je le vois, je le reconnais. L'inconnu de la librairie, l'inconditionnel de Martin Amis.

Est-ce vraiment lui ? Ou est-ce que je veux que ce soit lui ? Car, si c'est bien lui, comment l'accabler ? Ce type m'a montré son versant d'humanité... Non, la coïncidence serait trop incroyable... Mais s'il ne s'agissait pas d'un hasard ? S'il m'avait recherchée (facile avec le procès-verbal) pour se présenter à moi sous un autre jour ? Pour créer entre nous une complicité ? Pour se donner une chance lors du procès ?

On dirait que j'ai envie de pardonner. On dirait que je voudrais être ailleurs. On dirait que je suis prête à tout pour être ailleurs.

Le café de la Poste faisant foi

La défense parle de responsabilité partagée (avec les voitures illégalement garées sur le trottoir, de part et d'autre de la chaussée). Le procureur évoque la trajectoire, l'angle de choc, la distance de freinage. Où est Mario ? Est-ce que quelqu'un l'a vu ?

Je me sens en danger. La salle d'audience est sécurisée mais je ne suis pas à l'abri dans son habitacle renforcé. Le verdict tombe, pas comme une pierre jetée d'une falaise, non, plutôt comme une pomme qui atterrit dans l'herbe grasse d'un verger. C'est un petit événement, tout petit.

Rasséréné, Tourelle quitte le tribunal. Je repère aussitôt Hugo qui lui emboîte le pas. Il me dit de l'attendre devant le Palais de Justice ou, si je veux m'asseoir, au café de la Poste. Comme si je voulais d'un mari en prison, en plus d'un enfant sous la terre.

Hugo est inaccessible, il ne m'écoute pas. Pendant qu'il va chercher son arme, je cours prévenir Tourelle. Embarrassée par mon gros ventre, je ne le rejoins qu'au sous-sol du parking. Et quand je peux enfin lui parler, une détonation retentit. Une brève erreur de jugement, aux conséquences résolument dramatiques...

Mes jambes se dérobent. Mon sang s'écoule avec un petit bruit de salive qu'on aspire, ce qui est étonnant puisque c'est du sang et qu'il s'écoule. Mon bébé me donne un coup de pied, les coups peuvent aussi venir de l'intérieur.

Hugo, tu t'es trompé mais c'est normal : ces derniers temps, j'étais devenue invisible. Il faut absolument que je te dise... Ce n'est pas grave... Je ne t'en veux pas... Comment t'en vouloir ?

Me parviennent des bruits de sirène. Le parking sombre se remplit de taches colorées, ces losanges orange et marron qui apparaissaient lorsque je me frottais les yeux dans les années soixante-dix. J'ai mal mais je sais qu'on va me secourir, je ne suis pas pressée. Quand on a un peu la notion du temps, on sait que trente ans passent comme trente secondes.

Renversée sur le dos, je glisse dans une sorte de rêve éveillé, une histoire de vacances au bord de la mer. Autour de moi, parents et amis disparaissent un par un jusqu'à ce que je me retrouve seule sur mon carré de plage. Je décide alors de rentrer mais en chemin je les découvre, cachés dans une petite crique.

— Pourquoi ne pas m'avoir prévenue que vous veniez ici, je m'exclame, folle de bonheur de les voir sains et saufs.

— Tu ne peux pas le comprendre toi-même ?

Pauvre fille, pot de colle, ils pensent tous. Maman se relève et part main dans la main avec son amant. Mon père les regarde et ne dit rien.

Je grelotte, je veux me réchauffer contre Mario. Et Hugo ? Pourquoi ne vient-il pas me prendre dans ses bras ? Le sang doit lui faire peur. Pas grave mais je voulais lui parler des idées qui me passent par la tête. Une cargaison d'idées qui déborde, qui tangue et qui cherche un capitaine.

Je pense par exemple à ce que nous avons réussi avec notre fils. C'est dur à formuler mais je crois que nous avons su l'inclure dans notre poésie personnelle. Certains couples vivent leur histoire en laissant l'enfant à côté. D'autres parents vivent pour l'enfant mais renoncent à la poésie. Mario faisait partie de notre alchimie. Il n'était ni un témoin extérieur, ni un sujet terre à terre.

Mais où est Hugo ? Il serait rassuré de savoir ce que je pense. Je voudrais qu'il me voie apaisée. Je n'ai pas peur du tout.

Une fois j'ai eu la grippe. Je ne pouvais plus me lever, j'avais pris vingt ans d'un seul coup. J'ai mis trois semaines à retrouver la moitié de mon tonus habituel. Cette maladie était pire que ma blessure actuelle. C'était long, ça me terrifiait parce que j'imaginais le grand âge comme cette perte d'énergie vitale. Comment se laver, s'habiller, se nourrir en sachant juste que demain, ce sera plus pénible encore ?

« Quand tu seras vieille, je changerai de femme », avait prévu Mario. « J'irai habiter avec la nouvelle. Je t'appellerai un jour au téléphone, et si tu ne réponds pas je te rappellerai un autre jour, et si tu ne réponds toujours pas, c'est que tu seras morte. Mais si tu n'es pas morte, quand je serai vieux moi aussi, j'essaierai de me souvenir de ton adresse et je reviendrai vivre avec toi. »

Avoir mal (ou très mal) n'est rien en comparaison de la vieillesse. C'est du provisoire. Je tourne la tête et me dis que Mario avait raison à propos des fourmis : elles sont toutes petites, mais paraissent plus grandes quand on s'approche d'elles.

Épilogue

Sur un plateau

« Je suis épatée par ces miracles de la vie et tout ce que le printemps fait flancher, tout ce qu'il met à genoux. Nous traversons de petites villes emballées dans la lumière comme les présents des rois mages.

Hier – seulement hier ? J'aurais dit un an plus tôt – Hugo m'a proposé un tour sur sa terrasse et je l'ai suivi en traînant les pieds. Il a montré du doigt la lunette.

— Tu veux regarder les étoiles ?

— Non merci, j'ai répondu en suivant des yeux la course folle d'un insecte.

Il a quand même tenu à m'expliquer le ciel et les constellations, sûr qu'on devait se promener dans la vie avec une sacrée assurance quand on savait aussi bien se situer dans l'univers. J'ai décidé que le cours était fini simplement en baissant les paupières.

— Tu es si jolie, a-t-il murmuré avec des syllabes rondes comme des hanches de fille, rondes comme des boules de Noël.

Son sourire faisait de moi une victime, son sourire séraphique.

J'ai rejoint ses lèvres. Nous sommes restés ancrés comme ça un petit moment, c'était la seule chose un peu fixe. J'ai vu, par-dessus les toits, des nuages de tulle dans un ciel de traîne. Et Hugo qui épousait mes formes, qui les épousait vraiment.

Pris un par un, on ne valait pas grand-chose. Mais aussi vrai que la lumière modifiait ce qu'elle éclairait, le couple donnait à l'individu une autre dimension. Du moins c'était ce que je croyais, ce que j'avais bien l'intention de vérifier.

Nous avons quitté la terrasse en silence. Il a choisi le fauteuil voisin du mien. Sur la table basse, j'ai classé les cacahuètes par petits lots de deux. J'apprenais à compter en système binaire... »

Le présentateur poursuit la lecture du journal intime, le récit d'une histoire d'amour du vingtième siècle que le vingt et unième a achevée. Un fait divers que la télé a relaté (une télé qui ne protège pas ses témoins, qui ne les protégera jamais).

— Thomas nous a fait l'amitié de nous confier le journal de sa mère, décédée à sa naissance. Malgré son encéphalogramme plat, elle avait été maintenue quelques semaines dans le coma pour donner le maximum de chances de survie à son bébé. Le nourrisson avait six mois quand son père, lieutenant de police, s'est donné la mort dans sa cellule. Il ne se pardonnait pas d'avoir tué sa femme. Thomas a été élevé par sa grand-mère. Aujourd'hui il est grand, c'est un fan de notre émission… Je vous demande d'accueillir chaleureusement … Thomas !

Tonnerre d'applaudissements pour Thomas.

Remerciements

À Rémi, muse et trésor
Aux amis (en particulier les miens)

TABLE

page

I - Les champs de la mémoire

II - Contrechamp

Épilogue

Déjà parus dans la collection
Romans *roman*

Le scribe de César
par Jean-Pierre Cabanes

Plus petit que moi tu meurs
par Pascale Ferroul
Prix du Polar SNCF 2004

Alter ego
par Laurent Flieder

Rouge Rossignol
par Janine Teisson

ACHEVÉ D'IMPRIMER EN MARS 2005
PAR L'IMPRIMERIE DE LA MANUTENTION
A MAYENNE – FRANCE
N° 44-05

Dépôt légal : 1er trimestre 2005